AVENTURES PRODIGIEUSES

DE

TARTARIN DE TARASCON

ALPHONSE DAUDET

AVENTURES PRODIGIEUSES
DE
TARTARIN
DE
TARASCON

Chronologie et préface

par

Geneviève van den Bogaert
assistante à la Sorbonne

G-F

FLAMMARION

CHRONOLOGIE

1829 (8 septembre) : Mariage de Vincent Daudet et de Marie-Adeline Reynaud, à Nîmes.

1832 (7 mars) : Naissance de leur premier enfant, Henri Daudet, qui mourra en 1856.

1837 (1er juin) : Naissance de leur deuxième enfant, Ernest Daudet.

1840 (13 mai) : Naissance de leur troisième fils, Louis-Marie-*Alphonse* Daudet, à Nîmes.

1849 : Vers le printemps, la mère d'Alphonse Daudet part pour Lyon avec ses enfants. Elle y rejoint son mari qui est venu s'y fixer pour réparer la ruine de sa fortune.

1856 (août) : Alphonse Daudet achève sa rhétorique. Il n'entre d'ailleurs pas dans la classe de philosophie.

1857 (avril) : Alphonse Daudet se rend à Alès, où il vient d'obtenir un poste de répétiteur au collège. A la fin d'octobre, il quitte le collège. Le 1er novembre, il est à Paris et y rejoint son frère Ernest. Il a dans sa malle le manuscrit de son premier recueil de poésies, qui s'intitulait alors *Amours de tête*.

1858 : Deux pièces de vers paraissent dans *le Gaulois*

du 27 février et du 3 mars. Au cours de l'année
le volume de vers paraît, mais son titre maintenant
est *les Amoureuses*.

1859 : Alphonse Daudet fait la connaissance de Mistral venu à Paris. En novembre, il devient collabo-
rateur du *Figaro* de Villemessant.

1860 : En juillet, Daudet obtient une situation d'attaché au cabinet du duc de Morny. Il entre en fonctions en octobre. Il a son bureau au Palais-Bourbon.
En attendant, il est allé dans le Midi rendre visite
à sa mère et à son frère. Il y a revu Mistral. Cette
année-là, il parle déjà du délabrement de sa santé.

1861 : Il écrit une pièce de théâtre, *la Dernière Idole*,
en collaboration avec Ernest Lépine, chef du cabinet de Morny. Devant l'aggravation de l'état de ses
bronches, et sur l'avis du médecin, il demande un
congé et part vers le Midi. Il semble qu'il ait d'abord
pensé à un séjour à Nice. Mais il se décide ensuite
pour l'Algérie. Il quitte Paris en novembre, et s'embarque à Marseille le 19 décembre avec un cousin
nommé Reynaud.

1862 : Il visite Alger, Blida, les gorges de la Chiffa,
Orléansville. Le 4 février, pendant qu'il est en Algérie, *la Dernière Idole* est jouée à l'Odéon avec un
grand succès. En mars, il est de nouveau à Paris.
En automne, sa santé est redevenue mauvaise. Il
obtient un nouveau congé, et part pour la Corse. Il
séjourne à Ajaccio chez Paul Arène. A la fin de
l'année, il publie, dans *le Monde illustré*, *Promenades
en Afrique : la Mule du Cadi*. Cette publication,
commencée le 27 décembre, se poursuivra dans les
numéros des 3 et 10 janvier 1863.

1863 : Daudet donne au *Figaro Chapatin le tueur de lions* (18 juin). Le 6 août, Banville publie dans *le Figaro* un portrait de Daudet qui restera justement célèbre, et consacre la réputation du jeune écrivain. Celui-ci, à la fin de l'année, obtient un troisième congé. Il séjourne chez les Ambroy, dans leur domaine de Montauban, à Fontvielle, près d'Arles. Il y réunit les matériaux qu'il utilisera pour les *Lettres de mon moulin*.

1864 : Dans les premiers mois de l'année, il rentre à Paris. Vers la fin de l'année, il fait un nouveau séjour à Fontvielle.

1865 : Le 8 mars, mort du duc de Morny. Daudet quitte le Palais-Bourbon. Il écrit en collaboration avec E. Manuel *l'Œillet blanc*. La pièce est créée au Théâtre-Français le 8 avril. En juillet, il fait un voyage en Alsace avec Alfred Delvau. A l'automne, il s'installe à Clamart. Il forme avec Charles Bataille et Jean du Boys « la colonie de Clamart ». En septembre, les futures *Lettres de mon moulin* commencent à paraître dans *le Moniteur universel*. La publication continue jusqu'en janvier 1866. Daudet passe l'hiver dans une solitude entre Beaucaire et Nîmes. Il ébauche *le Petit Chose*.

1866 : Durant l'été, il fait un voyage en Bavière.

1867 : Daudet épouse Julie Allard. Le groupe de Clamart publie une plaquette où il se moque des Parnassiens, *le Parnassiculet contemporain*. Daudet y contribue pour deux pièces. Le 27 novembre, naissance de Léon Daudet. Le 19 décembre, le Vaudeville joue *le Frère aîné*, pièce de Daudet et d'E. Manuel.

1868 : Au début de l'année, *le Petit Chose* paraît chez Hetzel. Les Daudet passent l'été à Champrosay. Alphonse Daudet y achève *l'Arlésienne*.

1869 : A la fin de l'année, les *Lettres de mon moulin* paraissent chez Hetzel. Daudet donne au *Petit Moniteur universel du soir*, du 9 au 19 décembre, la première partie d'un nouveau roman, *Barbarin de Tarascon*. La deuxième partie est annoncée, mais n'est pas donnée au journal.

1870 : Daudet fait paraître au *Figaro*, du 7 février au 19 mars, les trois parties (y compris la première déjà parue) du futur *Tartarin de Tarascon*, sous le titre *le Don Quichotte provençal ou les Aventures de l'illustre Barbarin de Tarascon*.

1872 : Les Daudet s'installent à Champrosay. *Tartarin de Tarascon* paraît en volume chez Dentu. *L'Arlésienne* est jouée au Vaudeville le 1er octobre. La pièce est un échec.

1873 : Daudet publie en volume les *Contes du lundi*. Il se lie avec Flaubert et Edmond de Goncourt. Il fait paraître *Fromont jeune et Risler aîné*, *mœurs parisiennes*, en feuilleton dans *le Bien public*.

1874 : Dans les derniers mois de l'année, Daudet commence à écrire un nouveau roman, *Jack*, *mœurs parisiennes*.

1875 : Au printemps, Daudet est à Champrosay et y continue la composition de *Jack*. Il l'achève à l'automne.

1876 : Terrible surmenage. Daudet écrit *le Nabab*.

1877 : *Le Nabab* paraît dans *le Temps*, du 12 juillet au 21 octobre.

1878 : *Le Nabab* paraît en volume chez Charpentier. Au début de l'année, Daudet commence *les Rois en exil*. Dans l'été, naissance de Lucien Daudet.

1879 : Au cours de l'été, il achève *les Rois en exil*. Il a, cette année-là, une hémorragie grave.

1880 : Daudet écrit *Numa Roumestan*.

1881 : *Numa Roumestan, mœurs parisiennes*, paraît en feuilleton dans *l'Illustration*. Il est publié en volume chez Fasquelle à la fin de l'année.

1882 : La mère de Daudet meurt au mois de novembre.

1883 : Daudet publie chez Dentu *l'Evangéliste, roman parisien*, qui avait déjà paru dans *le Figaro* de décembre 1882 à janvier 1883. Il commence à écrire *Sapho*.

1884 : Daudet publie *Sapho, mœurs parisiennes*, chez Charpentier. Le roman avait d'abord paru en feuilleton dans *l'Echo de Paris* à partir du 16 avril.

1885 :. *Tartarin sur les Alpes* paraît chez Calmann-Lévy.

1887 : Le Manifeste des Cinq, signé de Paul Bonnetain, Rosny, Descaves, Margueritte et Guiches, attaque très vivement Zola et le naturalisme. L'opinion accuse Alphonse Daudet d'en être l'inspirateur.

1888 : Daudet publie *l'Immortel, mœurs parisiennes*, chez Alphonse Lemerre. *L'Immortel* avait d'abord paru en feuilleton dans *l'Illustration* en mai, juin et juillet. Daudet publie *Trente ans de Paris. A travers ma vie et mes livres*, chez Marpon et Flammarion, puis les *Souvenirs d'un homme de lettres*, où il a recueilli des textes déjà publiés, fantaisies de jeunesse, souvenirs, ébauches.

1889 : Daudet revient au théâtre avec *la Lutte pour la vie*, jouée au Gymnase dramatique le 30 octobre.

1890 : Il fait jouer *l'Obstacle* au Théâtre du Gymnase le 27 décembre. Il publie *Port-Tarascon. Dernières aventures de l'illustre Tartarin*, chez Dentu.

1891 : Léon Daudet épouse Jeanne Hugo, petite-fille de Victor Hugo.

1892 : Daudet fait jouer *la Menteuse* au Théâtre du Gymnase le 4 février. Il publie *Rose et Ninette, mœurs du jour*, chez Flammarion. Le roman avait d'abord paru en feuilleton dans *l'Echo de Paris*.

1894 : Daudet publie *Entre les frises et la rampe*, recueil de textes sur la vie théâtrale. Certains d'entre eux avaient paru dès 1880.

1895 : Les Daudet font un voyage en Angleterre.

1896 : Daudet publie *le Trésor d'Arlatan*, chez Charpentier et Fasquelle. Le roman avait d'abord paru dans *la Revue hebdomadaire* des 11 et 18 avril.

1897 : Daudet écrit sa dernière œuvre, *Soutien de famille*, commencée en janvier 1895. La publication en feuilleton commence dans *l'Illustration* vers la fin de l'année. Mais Daudet meurt le 16 décembre.

PRÉFACE

Le 21 décembre 1861, dans l'après-midi, Alphonse Daudet débarquait du paquebot *le Zouave* en provenance de Marseille et découvrait Alger. Il venait, sur l'ordonnance du docteur Marchal de Calvi, « calfater au bon soleil ses poumons un peu délabrés ». Il ne voyageait pas seul. Un de ses cousins l'accompagnait. Tous deux figurent sur la liste des passagers publiée par le journal l'*Akhbar*. On y lit leurs noms et qualités : Daudet « attaché de cabinet » et Reynaud « propriétaire ».

Ce Reynaud était un gros homme d'une quarantaine d'années, « cultivateur de tulipes » aux environs de Nîmes. La culture des fleurs ne suffisait pas à remplir la vie de ce provincial. Il s'ennuyait, et pour tromper la monotonie de son existence, il lisait des romans exotiques et des récits de chasse. Dans le pays on l'avait surnommé « lou cassaïre » (le chasseur). Le gibier de la Provence ne le contentait pas; lorsqu'il entendait rugir les lions de la ménagerie Pezon sur la place des Arènes, il songeait à l'Afrique et aux *Teurs*, il rêvait d'affût et de chasse au fauve. Aussi fut-ce avec enthousiasme qu'il décida de partir avec son jeune cousin pour l'Algérie. Il allait enfin connaître

le pays bienheureux « où fleurit le roi des animaux » !

Daudet n'était pas loin de ressentir la même fièvre.
Lui aussi, il avait l'esprit nourri de relations de chasse
et de voyage. A la curiosité que lui inspirait l'Orient
arabe se joignait sans doute l'attrait de l'aventure.
L'idée de participer à une chasse au lion ne devait pas
déplaire à ce jeune homme de vingt et un ans, avide
de sensations et de changement. Les deux compagnons
débarquèrent donc triomphalement, dans une tenue
qui disait assez leurs ambitions : ils étaient vêtus en
Teurs, avec la ceinture rouge et la chéchia flamboyante.

Ils commencèrent par visiter Alger. La ville
moderne les déçut, avec ses allures de sous-préfecture française. Mais la ville haute répondit mieux à
leur attente. C'est là sans doute, au hasard des ruelles
étroites et voûtées, qu'ils purent évoquer « les *Teurs*
farouches, à tête de forbans », complotant quelque
mauvais coup dans l'ombre. Ils firent le tour des mosquées, des bazars et des cafés, ils assistèrent aux fêtes
d'Aïssaouas, ils admirèrent l'élégance des palais et des
vieilles demeures. Le cousin Reynaud qui ne s'intéres-
sait pas seulement aux beautés de l'architecture se
tenait en faction devant les bains maures et guettait la
sortie des mauresques toutes parfumées de verveine.
C'est lui qui entraîna le jeune Alphonse dans une de
ces maisons spéciales où des « almées » offraient aux
amateurs le spectacle des danses indigènes. Il n'y avait
dans tout cela rien de bien original. Tel était le pro-
gramme d'une visite d'Alger vers 1860, celui que pro-
posaient la plupart des guides de l'époque, l'*Itinéraire
Hachette*, l'*Hiver à Alger* de Desprez ou l'*Itinéraire*
de Barbier.

Après Alger, nos deux compagnons visitèrent la banlieue de la ville. Puis, attirés vers le Sud, la patrie du lion au dire de Reynaud, ils poussèrent jusqu'à Blida. Mais c'est à Miliana qu'ils s'installèrent. De là ils entreprirent des excursions. Ils découvrirent alors que le roi des animaux avait émigré vers d'autres régions, et qu'il ne fallait pas compter tuer un seul lion dans la plaine du Chéliff. Daudet s'en consola assez facilement. Il avait plusieurs lettres de recommandation pour des chefs arabes. Ceux-ci l'accueillirent amicalement et l'initièrent aux mœurs indigènes. L'un d'eux l'invita dans sa tribu de Djendel. De telles promenades enchantèrent Daudet, bien plus que la visite d'Alger. Il découvrait là un autre monde. Cet heureux dépaysement contribua à le guérir plus certainement que l'exercice physique ou les médicaments. Il revint en France en mars 1862, les yeux remplis d'images, l'intelligence enrichie d'une expérience toute neuve sur ce pays où deux peuples se côtoyaient sans se fondre. Ses carnets étaient noircis de notes qu'il se proposait d'exploiter tôt ou tard.

L'Algérie en effet allait lui inspirer assez rapidement quelques récits. Certains n'ont paru qu'à une date ultérieure. Mais déjà à la fin de 1862, il donnait dans *le Monde illustré* un texte bref : *la Mule du Cadi*. Au cours des années suivantes, il publia successivement dans les périodiques *Chapatin le tueur de lions* (1863), *la Petite Ville* (1864), *A Milianah* (1869). D'autres récits, dans ses portefeuilles, attendaient l'occasion de paraître.

Parmi ces « œuvres algériennes » de Daudet, il en est une qui mérite de retenir notre attention. *Chapatin le tueur de lions* parut dans *le Figaro* en juin 1863. C'était l'histoire d'un brave Provençal de Tarascon qui s'embarquait pour l'Algérie dans l'espoir d'y chasser le fauve et ne réussissait qu'à tuer un soir un vieux lion aveugle et apprivoisé.

Le récit était bref, sans développement. Daudet décida de le reprendre. Six ans plus tard, il en tira un roman. Il s'intitulait alors *Barbarin de Tarascon raconté par un témoin de sa vie.* La première partie parut dans *le Petit Moniteur universel du soir* en décembre 1869. Puis *le Figaro* accueillit l'œuvre entière et la publia en feuilleton du 7 février au 19 mars 1870. Daudet attendit encore pour la faire paraître en volume. Elle fut éditée en 1872 par Dentu. Pour éviter, dit-on, les plaintes d'une famille Barbarin, elle s'intitulait maintenant *les Aventures prodigieuses de Tartarin de Tarascon.*

Pourquoi Tarascon ? et qui était ce Barbarin devenu Tartarin ? Daudet a dit que Tarascon n'était rien qu'un nom, ramassé sur la ligne de Paris à Marseille. Quant à son héros, l'écrivain veut bien admettre qu'il s'est souvenu de son compagnon de voyage ; mais il s'est bien gardé de rien dire qui nous instruise sur son identité. Il a fallu, pour que nous y voyions plus clair, les enquêtes méritoires des historiens. Leurs résultats restent sur plus d'un point vagues et contradictoires. Le cousin Reynaud n'a probablement pas été le seul modèle, on a parlé d'un autre, et même de deux autres. Pour Tarascon, les gens du pays ont commencé par dire qu'ils n'avaient rien à voir avec le roman de Daudet. Ils seraient maintenant portés à revendiquer leur part dans le succès du livre. Ils se vantent d'avoir connu, chez eux, le chasseur bon vivant et le lecteur passionné de récits de chasses lointaines. Ils savent où se trouvaient la villa et le jardin du héros. Nous ne sommes d'ailleurs pas, sur tous ces points, obligés de les croire.

Comme il l'a fait dans l'ensemble de son œuvre, Daudet avait donc pris son appui dans une réalité qu'il connaissait bien. Mais il n'en était pas le prisonnier. Il n'avait même pas le souci d'observer la société contemporaine comme il allait le faire quelques années plus tard, quand il eut lié amitié avec Flaubert et Edmond de Goncourt. Il a dit lui-même qu'il considérait son roman comme une « galéjade ». Il y avait là « un beau sujet de gaieté ».

Il avait décidé de rire de lui-même, de son cousin Reynaud et de leur équipée d'Algérie. En songeant à leur arrivée dans le port d'Alger, aux rêves qu'ils entretenaient, à leur accoutrement de chasseurs de fauves, aux allures martiales qu'ils affectaient, il pensait déjà sans doute, comme il dira plus tard dans *Trente ans de Paris*, qu'ils formaient à eux deux « un beau couple de jobards ».

Ils n'étaient d'ailleurs pas seuls à croire à l'Orient, aux muezzins, aux almées et aux lions. Leurs contemporains partageaient plus ou moins cette illusion, entretenue par une foule d'articles de journaux. L'Algérie demeurait la terre par excellence de la chasse aux fauves. Les exploits de Jules Gérard, le tueur de lions, de Bombonnel, le tueur de panthères, occupaient les imaginations, et des journalistes célébraient sur le mode dithyrambique le courage de ces vaillants. On allait jusqu'à écrire que les lions ravageaient les douars arabes. La chasse au fauve devenait pour les patriotes le moyen privilégié de défendre dans la colonie le prestige de la France et de la civilisation.

Ces naïvetés faisaient rire les gens informés. Un ami de Daudet, Clément Duvernois, auteur de l'*Algérie pittoresque* (1863), se moquait de la « jobarderie » des Français. Ils se représentent, disait-il, l'Algérie comme une image d'Epinal : du sable, des palmiers, de place en place un chameau, des bêtes féroces, des pirates.

Cette conception romanesque et ces crédulités, Daudet les tourne en ridicule dans *Tartarin*. Le héros tarasconnais débarque, tout « féru de poésie orientale ». Dès le premier pas sur la terre algérienne, il s'attend à pénétrer dans le monde merveilleux des *Mille et Une Nuits*. La réalité se révèle bien différente et Tartarin doit abandonner l'une après l'autre les illusions qui l'avaient longtemps enchanté.

Il découvre qu'Alger n'est pas la porte de l'Orient, mais bien une petite ville française où, le dimanche, un orchestre joue des polkas. Il loge à l'Hôtel de l'Europe, un hôtel dont il trouverait mille équivalents dans les sous-préfectures de la mère patrie. Les gens sont vêtus à l'européenne, et c'est lui qu'on regarde comme une bête curieuse dans son costume de *Teur*. La terne réalité se substitue au mirage.

Mais Daudet ne se contente pas de détruire le mythe de l'Orient. Il n'oublie pas qu'il a voulu écrire une « histoire comique », et il donne aux aventures de Tartarin un tour résolument parodique. Parti pour chasser le fauve avec un équipement de houseaux, de fusils, de revolvers, de couteaux, il ne réussit qu'à connaître la plus grande frayeur de sa vie, et à tuer un pauvre bourricot. Sa seconde victime n'est pas un de ces lions superbes et dévorants qui peuplent les

imaginations naïves; c'est un lion aveugle et apprivoisé que l'on a dressé à faire la quête, le seul lion qui
restât encore en Algérie. Quel meilleur moyen de
tourner en ridicule les « chevaliers sans peur » qui
partent à la recherche de ces monstres, comme le
cousin Reynaud le fit un jour ?

Pour accentuer encore la parodie, Daudet donne à
Tartarin une aventure amoureuse. Le tueur de fauves
veut vivre une passion orientale. Il s'enflamme pour
les yeux noirs d'une Mauresque entrevue dans l'omnibus. Il croit retrouver dans Baïa la Mauresque de
ses rêves; avec elle, il se grise d'amour arabe, dans les
fumées du narguilé, le frôlement des guitares, le bruit
léger de la fontaine sur les mosaïques de la cour. Puis
un jour, la vérité éclate brutalement. Il surprend Baïa
en train de chanter *Marco la belle* avec une casquette
d'officier de marine sur l'oreille. Elle pousse l'imper-
tinence jusqu'à l'apostropher en marseillais. La trou-
blante Mauresque n'était qu'une compatriote du capitaine Barbassou, transplantée dans les « harems »
d'Alger. Les séductions de l'Orient s'évanouissent
ainsi dans un grand éclat de rire, parmi les détonations
des bouchons de champagne. Et Tartarin, prenant la
place du muezzin sur la terrasse du minaret, peut jeter
aux quatre coins de l'horizon sa « joyeuse malédiction tarasconnaise » : « Il n'y a plus de *Teurs*... Il n'y
a que des carot*teurs!* » Tartarin, à qui ses aventures
burlesques ont ouvert les yeux, se moque joyeusement
de sa « folie orientale ». C'en est fait désormais du
mythe de l'Orient, il est détruit dans une dernière
galéjade. L'illustre Tarasconnais rentre en France,
laissant sur la rive du Maure « sa caisse d'armes et ses
illusions ».

Nous serions tentés de ne songer qu'à cet aspect parodique de l'œuvre de Daudet, et peut-être d'en être parfois agacés. L'auteur lui-même reconnaît qu'il y avait autre chose à dire sur l'Algérie. Il l'a avoué avec une aimable franchise. Il a eu le courage de s'excuser de ce que son *Tartarin* a de superficiel. Il savait que ce spectacle de deux civilisations face à face méritait d'être traité de façon sérieuse. Il aurait pu, selon ses propres termes, s'attacher à une étude de mœurs cruelle et vraie, à l'observation d'un pays neuf, il aurait montré le conquérant conquis à son tour, l'incurie, « la pourriture d'Orient », la corruption des bureaux, la rivalité des trois pouvoirs en présence : armée, administration et magistrature.

Si Daudet n'a pas fait de *Tartarin* un roman réaliste sur l'Algérie, il est aisé pourtant de découvrir derrière la joyeuse galéjade un témoignage d'une belle et dure franchise. Tartarin, errant dans la plaine du Chéliff à la recherche des lions, traverse des étendues en friche; partout de l'herbe brûlée, des buissons chauves, des maquis. L'homme de Tarascon, « tout entier à sa passion léonine », ne remarque rien de ce pitoyable spectacle. Mais le narrateur, lui, le décrit avec une ironie amère. Tel est donc « le grenier de la France » dont osent parler quelques esprits aveugles! « Grenier vide de grains, hélas! et riche seulement en chacals et en punaises. » Quant aux colons, mal soutenus par l'administration, ils ne réussissent pas à s'implanter. Leurs maisons tombent en ruine, leurs cultures sont abandonnées, et ils boivent de l'absinthe dans les cafés, en discutant des projets de réforme et de constitution.

Daudet se souvenait de ce qu'il avait vu durant son

voyage en diligence d'Alger à Miliana et durant ses
randonnées à cheval dans les environs de Miliana. Il
n'ignorait pas non plus les articles des journaux, les
comptes rendus des séances parlementaires, qui déplo-
raient ce manque d'organisation. Il avait lu — la
preuve en a été faite — les livres d'Alexandre et de
Clément Duvernois sur la question algérienne. Il
connaissait par eux les insuffisances et les abus de
l'administration indigène : arbitraire des cadis, justice vénale et sommaire, tyrannie et cupidité des chefs
arabes. On donne à Tartarin des fêtes splendides; puis
« quand la poudre avait parlé, le bon aga venait et
présentait sa note ». Quant à « l'Algérie des villes »,
elle souffrait d'une crise grave tout autant que « l'Algérie des tribus ». Les colons, les polémistes, les parlementaires de l'époque le savaient bien. Ils dénonçaient
les lenteurs et les contradictions de l'administration.
Le pauvre Tartarin, après son coup de fusil malheureux sur le lion aveugle, fait la connaissance de cette
Algérie « processive et avocassière », de la « judiciaire
louche », des huissiers, agréés, agents d'affaires,
« sauterelles du papier timbré ».

Quant au régime militaire, il est assez bien symbo-
lisé dans *Tartarin* par l'union de la trique et du képi.
Le prince Grégory arbore un magnifique couvre-chef
galonné d'or et d'argent, destiné à imposer aux Arabes
le respect nécessaire. Ce symbole de l'autorité militaire inspire à tous une terreur suffisante, et notre
Tarasconnais, après l'affaire du lion, tremble à l'idée
qu'il pourrait passer devant le conseil de guerre : « Il
se voyait déjà fusillé au pied des remparts, ou croupissant dans le fond d'un silo. »

Si intéressantes que ces notations puissent nous paraître, elles ne se reliaient pas étroitement à l'idée dominante du roman, celle des illusions qu'un mythe peut faire naître dans certains esprits naïfs, et des déceptions inévitables que leur apporte le spectacle de la réalité. Les critiques sérieuses restaient donc discrètes et souvent allusives. Elles ne devaient pas occuper la première place qui, dans le dessein même de Daudet, revenait de droit à l' « Algérie comique ». Elles ne devaient pas faire oublier que le roman était avant tout une « joyeuse galéjade ». Le choix que l'auteur a fait de son héros contribuait à merveille à maintenir d'un bout à l'autre du récit la constante gaieté du ton.

En effet Tartarin était un Méridional. En faisant naître son héros à Tarascon, Daudet choisissait le parti de la bonne humeur. Il créait en même temps un type populaire en qui l'on reconnaissait les traits généralement attribués à l'homme du Midi. A cette époque, le sud de la France, de Carpentras à Avignon, offrait une cible privilégiée à la littérature humoristique. Dans le Nord, et surtout à Paris, on se moquait volontiers de l'accent méridional. On représentait l'homme du Midi comme un beau parleur, vantard, hâbleur, facilement bravache. On en faisait le symbole de la « jobarderie ».

Les livres de Méry, en particulier, avaient répandu dans le public l'idée que le Méridional était un éternel créateur de chimères et qu'il était tout le premier à y croire. Méry prenait l'exemple précis de la chasse. Il montrait comment les Marseillais parvenaient à satisfaire leur passion favorite dans un pays où l'apparition d'un seul lièvre fait figure d'événement. Daudet avait sans doute lu, comme tout le monde à l'époque, cette série d'ouvrages divertissants : *la Chasse au Chastre*,

Marseille et les Marseillais, les *Nouvelles Nouvelles*. Il
y avait trouvé la fameuse formule : « ils chassent pour
le plaisir de chasser ». Il devait s'en souvenir dans un
chapitre célèbre de *Tartarin*, celui des chasseurs de
casquettes.

Cette image plaisante du Méridional, Daudet la
reprend dans son roman. C'est ainsi que Tartarin dis-
court sur Chang-Hai comme s'il y était vraiment allé,
et qu'il parle des Tartares comme s'il avait fait le
coup de feu contre eux. S'agit-il là de fanfaronnade ?
Peut-on taxer Tartarin de mensonge ? Daudet répond
à cette question. Tout en se moquant gentiment de
son héros, il le défend, il l'excuse : « L'homme du
Midi ne ment pas, dit-il, il se trompe. Il ne dit pas
toujours la vérité, mais il croit la dire. » Cette bonne
foi dans le mensonge est la grande loi psychologique
du caractère méridional. *Chapatin* avait déjà illustré
cette vérité, sous une forme nettement caricaturale.
Malgré des chasses infructueuses, le héros écrivait à
peu près tous les quinze jours à Tarascon « pour
annoncer la mort d'un nouveau lion »; « s'il n'en-
voyait pas les peaux, ajoutait-il, c'est que la balle les
avait gâtées. »

L'homme du Midi est donc imposteur malgré lui.
Il n'en faut accuser que son imagination, trop prompte
à s'enflammer. C'est elle qui substitue le mirage à la
vérité, pour le plus grand bonheur de ceux qu'elle
nourrit de ses chimères. Car les réalités les plus
tristes restent sans prise sur des esprits si naturellement
disposés à les transformer. En Provence les illusions
perdues n'engendrent pas l'amertume. Tartarin conserve
sa bonne humeur malgré ses mésaventures algériennes.
Lui qui a proclamé à la face d'Alger qu'il n'y avait plus

de lions, ni de *Teurs*, commence, à la fin du livre, le
récit de ses grandes chasses : « Figurez-vous... qu'un
certain soir, en plein Sahara... » Il n'y a pas de contra-
diction entre ces deux attitudes. Tartarin est un homme
qui « s'enivre avec son verbe », et par le seul jeu de
sa parole se crée une autre existence, où il entre sans
effort.

Or, cette forme d'hallucination romanesque, Daudet
la trouvait chez un personnage de la littérature espagnole, le personnage de Don Quichotte, très en vogue
en France depuis l'époque romantique. Précisément
entre 1863 et 1869, un certain nombre de publications
attirèrent l'attention des lettrés sur le chef-d'œuvre
de Cervantès. En 1863, Gustave Doré illustra une
grande édition du roman en deux volumes in-folio.
Ses gravures achevèrent de rendre populaire le chevalier de la Triste Figure, déjà représenté par Tony
Johannot et par Decamps. Victorien Sardou tira du
livre une pièce-féerie qui fut jouée une première fois
en 1864, et dont Daudet parle dans ses *Souvenirs d'un
homme de lettres*. Ces ouvrages, joints à des articles
de Sainte-Beuve sur *Don Quichotte* et à d'autres études,
avaient certainement retenu l'attention de Daudet. Il
est d'ailleurs remarquable que *Tartarin*, dès sa publication dans *le Petit Moniteur*, fut illustré par Bénassit
sur le mode héroï-comique adopté par Gustave Doré
pour *Don Quichotte*.

Cette vogue nouvelle du roman de Cervantès joua
donc un rôle important dans l'histoire de *Tartarin*.
Daudet eut ainsi l'idée de faire de son personnage
un « Don Quichotte provençal ». Sans doute avait-il
été frappé par l'analogie qui existait entre l'idéal
aventureux de Cervantès et ses propres illusions à la

veille de son départ pour l'Algérie. Comme l'écrivain espagnol, il était arrivé à Alger plein de rêves; comme lui aussi, il avait été déçu. Nous ne sommes pas étonnés que le chapitre III du deuxième épisode de *Tartarin* s'ouvre sur une invocation adressée à l'illustre Espagnol.

Mais plus encore qu'à lui-même, Daudet avait dû songer à son cousin Reynaud, « aussi pourri de lectures romanesques que Don Quichotte ». Reynaud-Tartarin portait en lui les mêmes désirs d'héroïsme que le célèbre hidalgo. Il essayait d'apaiser sa soif d'aventure dans les histoires de Fenimore Cooper, de Gustave Aimard, ou dans les récits de Gérard et de Bombonnel. Son imagination était échauffée par des scènes de chasse et d'embuscades meurtrières. Pour se rendre le soir au cercle, il s'armait de pied en cap; à chaque détour de rue, il tombait en garde contre d'invisibles adversaires : « Qu'*ils* y viennent maintenant! » *Ils*, c'est-à-dire les Indiens sioux, les bêtes sauvages, les pirates, les Touareg, tous les vivants souvenirs de ses lectures.

Cette folie du grandiose, cet élan chevaleresque, ce désir forcené d'échapper « aux griffes de la réalité » allaient naturellement trouver leur expression comique dans les aventures algériennes de Tartarin. Mais, plus heureux que le Don Quichotte espagnol, le Don Quichotte provençal ne perd pas ses illusions. Au terme de sa quête, le chevalier de la Triste Figure brûle les livres qui l'ont égaré. Tartarin, au contraire, ne semble pas converti à la raison. Le pouvoir de l'imagination, chez lui, reste entier. Malgré les leçons de l'expérience, il tire de ses aventures manquées une légende héroïque. On ne sent pas dans l'œuvre de

Daudet l'amertume qui se dégage de l'œuvre espagnole.

On la sent d'autant moins que la personnalité de Tartarin est double. Il n'est pas seulement Don Quichotte, c'est-à-dire un personnage fou, mais d'une folie noble, et par là susceptible de nous toucher d'une certaine admiration. Il est en même temps Sancho Pança, c'est-à-dire tout l'opposé de l'idéal héroïque. L'alliance dans le même homme de deux personnages si peu faits pour s'entendre est une excellente source de gaieté. Il suffit d'évoquer le dialogue entre Tartarin-Quichotte et Tartarin-Sancho, l'un rêvant de battues aux fauves, l'autre plein d'appétits bourgeois et soucieux de confort. Tartarin réunissant en lui les deux contraires est dans son essence même un personnage parodique. Il a le corps de Sancho Pança et rien n'est plus plaisant que de voir ce gros homme court et gras partir en guerre, empêtré dans son costume de *Teur*, ses fusils à double canon et sa tente-abri perfectionnée.

De bons juges ont parlé de *Tartarin de Tarascon* en des termes qui marquaient une haute estime. Celui qui en a dit les qualités littéraires avec le plus de finesse et de tact est sans doute Anatole France. Il a loué l'humanité de cette œuvre qui aurait pu devenir si aisément cruelle. Il y a trouvé du génie et de la bonté. Il a rappelé le roman de Cervantès, et *Tartarin* lui semblait « notre *Don Quichotte* ou peu s'en faut ».

L'œuvre est en effet charmante, et Daudet y fait apparaître ses meilleurs dons. Il y avait chez lui, les critiques l'ont noté depuis longtemps, un aspect de

vraie sensibilité et un esprit sceptique et moqueur. Ce
« roman comique » à la Scarron, cette aventure d'un
héros chimérique répondait à ces deux faces de son
tempérament. Là encore, Anatole France a trouvé les
mots les plus justes pour parler de Daudet et de son
chef-d'œuvre. « Il avait, écrit-il, le don des larmes et du
rire. Son rire fut quelque chose de musical et de léger. »
C'est lui que nous entendons dans *Tartarin*.

Pour évoquer les paysages d'Algérie et la campagne
autour de Tarascon, il suffisait à Daudet de se laisser
guider par son goût pour les images lumineuses, pour
le chatoiement de la vie. Il n'aimait pas du tout la
façon dont les Parnassiens décrivaient la réalité visible,
et ce n'est pas un hasard s'il avait collaboré au *Parnassiculet contemporain*. Il avait horreur du « cliché
artistique » qu'il croyait constater chez Leconte de
Lisle, et « l'art pour l'art » ne le séduisait pas. *Tartarin
de Tarascon* nous livre de la Provence et de l'Algérie
des images merveilleusement fraîches et spontanées.

Nous devons bien comprendre d'ailleurs la vraie
nature de cette spontanéité. Elle n'exclut nullement ni
les lectures, ni les souvenirs, ni le recours à des carnets où l'écrivain avait noté ses impressions. Parmi
ces lectures, celles de Fromentin et de Feydeau
semblent avoir joué un rôle particulièrement important. Fromentin avait publié en 1857 *Un été dans le
Sahara* et en 1859 *Une année dans le Sahel*. Feydeau
avait fait paraître en 1862 un livre sur *Alger*. Sans
exagérer la signification de certains rapprochements
qui ont été proposés, il semble évident que Daudet a
trouvé dans ces livres à la fois des images, de précieuses
formules, et, surtout chez Fromentin, un certain art
de traduire ses impressions, d'en restituer la fraîcheur,

de faire vivre à ses lecteurs les moments, les scènes, les paysages dont il s'était naguère enchanté.

Le succès de *Tartarin* fut grand. Il fut durable. Il mérite de le rester. Cette gentillesse dans la caricature, cette légèreté de touche, cette vivacité gracieuse, ce mélange de sensibilité et de moquerie sont dignes que nous nous y attachions. La lecture de *Tartarin* a quelque chose de charmant, de frais et de sain.

Geneviève van den BOGAERT

BIBLIOGRAPHIE

Tartarin de Tarascon figure dans le tome IV de l'édition des *Œuvres complètes* d'Alphonse Daudet, dite « Edition ne varietur », Librairie de France, 1924. On y trouve le texte de *Chapatin le tueur de lions*, ainsi que des notes et canevas de Daudet.

Sur Alphonse Daudet, on consultera :
Jacques-Henry BORNECQUE : *Les Années d'apprentissage d'Alphonse Daudet*, Paris, Nizet, 1951.
G. V. DOBIE : *Alphonse Daudet*, Londres, 1949.
Yvonne MARTINET : *La Jeunesse d'Alphonse Daudet*, Gap, Imprimerie L. Jean, 1939.

Sur *Tartarin de Tarascon*, on consultera :
J. CAILLAT : *Le Voyage d'Alphonse Daudet en Algérie*, Alger, J. Carbonel, 1954.
Léon DEGOUMOIS : *L'Algérie d'Alphonse Daudet*, Genève, Editions « Sonor », 1922.

AVENTURES PRODIGIEUSES

DE

TARTARIN DE TARASCON

« *En France, tout le monde est un peu de Tarascon.* »

A mon ami

GONZAGUE PRIVAT

PREMIER ÉPISODE

A TARASCON

LE JARDIN DU BAOBAB

Ma première visite à Tartarin de Tarascon est restée dans ma vie comme une date inoubliable ; il y a douze ou quinze ans de cela, mais je m'en souviens mieux que d'hier. L'intrépide Tartarin habitait alors, à l'entrée de la ville, la troisième maison à main gauche sur le chemin d'Avignon. Jolie petite villa tarasconnaise avec jardin devant, balcon derrière, des murs très blancs, des persiennes vertes, et sur le pas de la porte une nichée de petits Savoyards jouant à la marelle ou dormant au bon soleil, la tête sur leurs boîtes à cirage.

Du dehors, la maison n'avait l'air de rien.

Jamais on ne se serait cru devant la demeure d'un héros. Mais, quand on entrait, coquin de sort !...

De la cave au grenier, tout le bâtiment avait l'air héroïque, même le jardin !...

O le jardin de Tartarin, il n'y en avait pas deux comme celui-là en Europe. Pas un arbre du pays, pas une fleur de France ; rien que des plantes exotiques, des gommiers, des calebassiers, des cotonniers, des cocotiers, des manguiers, des bananiers, des palmiers, un baobab, des nopals, des cactus, des figuiers de Barbarie, à se croire en pleine Afrique centrale, à dix mille lieues de Tarascon. Tout cela, bien entendu, n'était

pas de grandeur naturelle; ainsi les cocotiers n'étaient
guère plus gros que des betteraves, et le baobab
(arbre géant, arbor gigantea) tenait à l'aise dans un
pot de réséda; mais c'est égal! pour Tarascon, c'était
déjà bien joli, et les personnes de la ville, admises le
dimanche à l'honneur de contempler le baobab de
Tartarin, s'en retournaient pleines d'admiration.

Pensez quelle émotion je dus éprouver ce jour-là
en traversant ce jardin mirifique!... Ce fut bien autre
chose quand on m'introduisit dans le cabinet du héros.

Ce cabinet, une des curiosités de la ville, était au
fond du jardin, ouvrant de plain-pied sur le baobab
par une porte vitrée.

Imaginez-vous une grande salle tapissée de fusils
et de sabres, depuis en haut jusqu'en bas; toutes les
armes de tous les pays du monde : carabines, rifles,
tromblons, couteaux corses, couteaux catalans, cou-
teaux-revolvers, couteaux-poignards, kriss malais,
flèches caraïbes, flèches de silex, coups-de-poing, casse-
tête, massues hottentotes, lassos mexicains, est-ce que
je sais!

Par là-dessus, un grand soleil féroce qui faisait luire
l'acier des glaives et les crosses des armes à feu,
comme pour vous donner encore plus la chair de
poule... Ce qui rassurait un peu pourtant, c'était le
bon air d'ordre et de propreté qui régnait sur toute
cette yataganerie. Tout y était rangé, soigné, brossé,
étiqueté comme dans une pharmacie; de loin en loin,
un petit écriteau bonhomme sur lequel on lisait :

Flèches empoisonnées, n'y touchez pas!

Ou :

Armes chargées, méfiez-vous!

Sans ces écriteaux, jamais je n'aurais osé entrer.

Au milieu du cabinet, il y avait un guéridon. Sur le guéridon, un flacon de rhum, une blague turque, les Voyages du capitaine Cook, les romans de Cooper, de Gustave Aimard, des récits de chasse, chasse à l'ours, chasse au faucon, chasse à l'éléphant, etc. Enfin, devant le guéridon, un homme était assis, de quarante à quarante-cinq ans, petits, gros, trapu, rougeaud, en bras de chemise, avec des caleçons de flanelle, une forte barbe courte et des yeux flamboyants; d'une main il tenait un livre, de l'autre il brandissait une énorme pipe à couvercle de fer, et, tout en lisant je ne sais quel formidable récit de chasseurs de chevelures, il faisait, en avançant sa lèvre inférieure, une moue terrible, qui donnait à sa brave figure de petit rentier tarasconnais ce même caractère de férocité bonasse qui régnait dans toute la maison.

Cet homme, c'était Tartarin, Tartarin de Tarascon, l'intrépide, le grand, l'incomparable Tartarin de Tarascon.

II

COUP D'ŒIL GÉNÉRAL
JETÉ SUR LA BONNE VILLE DE TARASCON.
LES CHASSEURS DE CASQUETTES

Au temps dont je vous parle, Tartarin de Tarascon n'était pas encore le Tartarin qu'il est aujourd'hui, le grand Tartarin de Tarascon si populaire dans tout le Midi de la France. Pourtant — même à cette époque — c'était déjà le roi de Tarascon.

Disons d'où lui venait cette royauté.

Vous saurez d'abord que là-bas tout le monde est chasseur, depuis le plus grand jusqu'au plus petit. La chasse est la passion des Tarasconnais, et cela depuis les temps mythologiques où la Tarasque faisait les cent coups dans les marais de la ville et où les Tarasconnais d'alors organisaient des battues contre elle. Il y a beau jour, comme vous voyez.

Donc, tous les dimanches matin, Tarascon prend les armes et sort de ses murs, le sac au dos, le fusil sur l'épaule, avec un tremblement de chiens, de furets, de trompes, de cors de chasse. C'est superbe à voir... Par malheur le gibier manque, il manque absolument.

Si bêtes que soient les bêtes, vous pensez bien qu'à la longue elles ont fini par se méfier.

A cinq lieues autour de Tarascon, les terriers sont vides, les nids abandonnés. Pas un merle, pas une caille, pas le moindre lapereau, pas le plus petit cul-blanc.

Elles sont cependant bien tentantes, ces jolies colli-
nettes tarasconnaises, toutes parfumées de myrte, de
lavande de romarin; et ces beaux raisins muscats
gonflés de sucre, qui s'échelonnent au bord du Rhône,
sont diablement appétissants aussi... Oui, mais il y a
Tarascon derrière, et, dans le petit monde du poil et
de la plume, Tarascon est très mal noté. Les oiseaux
de passage eux-mêmes l'ont marqué d'une grande
croix sur leurs feuilles de route, et quand les canards
sauvages, descendant vers la Camargue en longs
triangles, aperçoivent de loin les clochers de la ville,
celui qui est en tête se met à crier bien fort : « Voilà
Tarascon!... voilà Tarascon! » et toute la bande fait
un crochet.

Bref, en fait de gibier, il ne reste plus dans le pays
qu'un vieux coquin de lièvre, échappé comme par
miracle aux septembrisades tarasconnaises et qui s'en-
tête à vivre là! A Tarascon, ce lièvre est très connu.
On lui a donné un nom. Il s'appelle *le Rapide*. On sait
qu'il a son gîte dans la terre de M. Bompard — ce qui,
par parenthèse, a doublé et même triplé le prix de
cette terre — mais on n'a pas encore pu l'atteindre.

A l'heure qu'il est même, il n'y a plus que deux ou
trois enragés qui s'acharnent après lui.

Les autres en ont fait leur deuil, et *le Rapide* est
passé depuis longtemps à l'état de superstition locale,
bien que le Tarasconnais soit très peu superstitieux
de sa nature et qu'il mange les hirondelles en salmis,
quand il en trouve.

Ah çà! me direz-vous, puisque le gibier est si rare
à Tarascon, qu'est-ce que les chasseurs tarasconnais
font donc tous les dimanches ?

Ce qu'ils font ?

Eh mon Dieu! ils s'en vont en pleine campagne, à deux ou trois lieues de la ville. Ils se réunissent par petits groupes de cinq ou six, s'allongent tranquillement à l'ombre d'un puits, d'un vieux mur, d'un olivier, tirent de leurs carniers un bon morceau de bœuf en daube, des oignons crus, un *saucissot*, quelques anchois, et commencent un déjeuner interminable, arrosé d'un de ces jolis vins du Rhône qui font rire et qui font chanter.

Après quoi, quand on est bien lesté, on se lève, on siffle les chiens, on arme les fusils, et on se met en chasse. C'est-à-dire que chacun de ces messieurs prend sa casquette, la jette en l'air de toutes ses forces et la tire au vol avec du 5, du 6 ou du 2 — selon les conventions.

Celui qui met le plus souvent dans sa casquette est proclamé roi de la chasse, et rentre le soir en triomphateur à Tarascon, la casquette criblée au bout du fusil, au milieu des aboiements et des fanfares.

Inutile de vous dire qu'il se fait dans la ville un grand commerce de casquettes de chasse. Il y a même des chapeliers qui vendent des casquettes trouées et déchirées d'avance à l'usage des maladroits; mais on ne connaît guère que Bésuquet, le pharmacien, qui leur en achète. C'est déshonorant!

Comme chasseur de casquettes, Tartarin de Tarascon n'avait pas son pareil. Tous les dimanches matin, il partait avec une casquette neuve : tous les dimanches soir, il revenait avec une loque. Dans la petite maison du baobab, les greniers étaient pleins de ces glorieux trophées. Aussi, tous les Tarasconnais le reconnaissaient-ils pour leur maître, et comme Tartarin savait à fond le code du chasseur, qu'il avait lu tous les traités, tous les manuels de toutes les chasses possibles, depuis la chasse à la casquette jusqu'à la chasse au tigre birman, ces messieurs en avaient fait leur grand justicier cynégétique et le prenaient pour arbitre dans toutes leurs discussions.

Tous les jours, de trois à quatre, chez l'armurier Costecalde, on voyait un gros homme, grave et la pipe aux dents, assis sur un fauteuil de cuir vert, au milieu de la boutique pleine de chasseurs de casquettes, tous debout et se chamaillant. C'était Tartarin de Tarascon qui rendait la justice, Nemrod doublé de Salomon.

III

A la passion de la chasse, la forte race tarasconnaise joint une autre passion : celle des romances. Ce qui se consomme de romances dans ce petit pays, c'est à n'y pas croire. Toutes les vieilleries sentimentales qui jaunissent dans les plus vieux cartons, on les retrouve à Tarascon en pleine jeunesse, en plein éclat. Elles y sont toutes, toutes. Chaque famille a la sienne, et dans la ville cela se sait. On sait, par exemple, que celle du pharmacien Bézuquet, c'est :

> Toi, blanche étoile que j'adore;

Celle de l'armurier Costecalde :

> Veux-tu venir au pays des cabanes ?

Celle du receveur de l'enregistrement :

> Si j'étais-t-invisible, personne n'me verrait.

> *(Chansonnette comique.)*

Et ainsi de suite pour tout Tarascon. Deux ou trois fois par semaine on se réunit les uns chez les autres et on se *les* chante. Ce qu'il y a de singulier, c'est que ce sont toujours les mêmes, et que, depuis si longtemps qu'ils se les chantent ces braves Tarasconnais n'ont jamais envie d'en changer. On se les lègue dans les famille, de père en fils, et personne n'y touche; c'est sacré. Jamais même on ne s'en emprunte. Jamais il ne viendrait à l'idée des Costecalde de chanter celle des Bézuquet ni aux Bézuquet de chanter celle des Costecalde. Et pourtant vous pensez s'ils doivent les connaître depuis quarante ans qu'ils se les chantent. Mais non! chacun garde la sienne et tout le monde est content.

Pour les romances comme pour les casquettes, le premier de la ville était encore Tartarin. Sa supériorité sur ses concitoyens consistait en ceci : Tartarin de Tarascon n'avait pas la sienne. Il les avait toutes.

Toutes!

Seulement c'était le diable pour les lui faire chanter. Revenu de bonne heure des succès de salon, le héros tarasconnais aimait bien mieux se plonger dans ses livres de chasse ou passer sa soirée au cercle que de faire le joli cœur devant un piano de Nîmes entre deux bougies de Tarascon. Ces parades musicales lui semblaient au-dessous de lui... Quelquefois cependant, quand il y avait de la musique à la pharmacie Bézuquet, il entrait comme par hasard, et après s'être bien fait prier, consentait à dire le grand duo de *Robert le Diable*, avec Mme Bézuquet la mère... Qui n'a pas entendu cela n'a jamais rien entendu... Pour moi, quand je vivrais cent ans, je verrais toute ma vie le grand Tartarin s'approchant du piano d'un pas solennel, s'accoudant, faisant sa moue, et sous le reflet vert des bocaux de la devanture, essayant de donner à sa bonne face l'expression satanique et farouche de Robert le Diable. A peine avait-il pris position, tout

de suite le salon frémissait; on sentait qu'il allait se
passer quelque chose de grand... Alors, après un silence,
Mme Bézuquet la mère commençait en s'accompa-
gnant :

> Robert, toi que j'aime
> Et qui reçus ma foi,
> Tu vois mon effroi *(bis)*,
> Grâce pour toi-même
> Et grâce pour moi.

A voix basse, elle ajoutait : « A vous, Tartarin »,
et Tartarin de Tarascon, le bras tendu, le poing fermé,
la narine frémissante, disait par trois fois d'une voix
formidable, qui roulait comme un coup de tonnerre
dans les entrailles du piano : « Non!... non!... non!... »,
ce qu'en bon Méridional il prononçait : « Nan!...
nan!... nan!... » Sur quoi Mme Bézuquet la mère
reprenait encore une fois :

> Grâce pour toi-même
> Et grâce pour moi.

— « Nan!... nan!... nan!... » hurlait Tartarin de
plus belle, et la chose en restait là... Ce n'était pas
long, comme vous voyez : mais c'était si bien jeté, si
bien mimé, si diabolique, qu'un frisson de terreur
courait dans la pharmacie, et qu'on lui faisait recom-
mencer ses : « Nan!... nan!... » quatre et cinq fois
de suite.

Là-dessus Tartarin s'épongeait le front, souriait aux
dames, clignait de l'œil aux hommes et, se retirant sur
son triomphe, s'en allait dire au cercle d'un petit air
négligent : « Je viens de chez les Bézuquet chanter le
duo de *Robert le Diable!* »

Et le plus fort, c'est qu'il le croyait!...

IV

C'est à ces différents talents que Tartarin de Taras-con devait sa haute situation dans la ville.

Du reste, c'est une chose positive que ce diable d'homme avait su prendre tout le monde.

A Tarascon, l'armée était pour Tartarin. Le brave commandant Bravida, capitaine d'habillement en retraite, disait de lui : « C'est un lapin! » et vous pensez que le commandant s'y connaissait en lapins, après en avoir tant habillé.

La magistrature était pour Tartarin. Deux ou trois fois, en plein tribunal, le vieux président Ladevèze avait dit, parlant de lui :

« C'est un caractère! »

Enfin le peuple était pour Tartarin. Sa carrure, sa démarche, son air, un air de bon cheval de trompette qui ne craignait pas le bruit, cette réputation de héros qui lui venait on ne sait d'où, quelques distributions de gros sous et de taloches aux petits décrotteurs étalés devant sa porte, en avaient fait le lord Seymour de 'endroit, le roi des halles tarasconnaises. Sur les quais, le dimanche soir, quand Tartarin revenait de la chasse, la casquette au bout du canon, bien sanglé dans sa veste 'le futaine, les portefaix du Rhône s'in-

clinaient pleins de respect, et se montrant du coin de
l'œil les biceps gigantesques qui roulaient sur ses bras,
ils se disaient tout bas les uns aux autres avec admiration :

« C'est celui-là qui est fort!... Il a doubles muscles! »
Doubles muscles!

Il n'y a qu'à Tarascon qu'on entend de ces choses-là!

Et pourtant, en dépit de tout, avec ses nombreux
talents, ses doubles muscles, la faveur populaire et
l'estime si précieuse du brave commandant Bravida,
ancien capitaine d'habillement, Tartarin n'était pas
heureux ; cette vie de petite ville lui pesait, l'étouffait.
Le grand homme de Tarascon s'ennuyait à Tarascon.
Le fait est que pour une nature héroïque comme la
sienne, pour une âme aventureuse et folle qui ne rêvait
que batailles, courses dans les pampas, grandes chasses,
sables du désert, ouragans et typhons, faire tous les
dimanches une battue à la casquette et le reste du
temps rendre la justice chez l'armurier Costecalde, ce
n'était guère... Pauvre cher grand homme! A la longue,
il y aurait eu de quoi le faire mourir de consomption.

En vain, pour agrandir ses horizons, pour oublier
un peu le cercle et la place du Marché, en vain s'entou-
rait-il de baobabs et autres végétations africaines; en
vain entassait-il armes sur armes, kriss malais sur kriss
malais; en vain se bourrait-il de lectures romanesques,
cherchant, comme l'immortel don Quichotte, à s'arracher par la vigueur de son rêve aux griffes de l'impi-
toyable réalité... Hélas! tout ce qu'il faisait pour apaiser
sa soif d'aventures ne servait qu'à l'augmenter. La vue
de toutes ses armes l'entretenait dans un état perpétuel
de colère et d'excitation. Ses rifles, ses flèches, ses lassos
lui criaient : « Bataille! bataille! » Dans les branches

de son baobab, le vent des grands voyages soufflait
et lui donnait de mauvais conseils. Pour l'achever,
Gustave Aimard et Fenimore Cooper...

Oh! par les lourdes après-midi d'été quand il était
seul à lire au milieu de ses glaives, que de fois Tartarin
s'est levé en rugissant; que de fois il a jeté son livre
et s'est précipité sur le mur pour décrocher une pano-
plie!

Le pauvre homme oubliait qu'il était chez lui à
Tarascon, avec un foulard de tête et des caleçons, il
mettait ses lectures en actions, et, s'exaltant au son de
sa propre voix, criait en brandissant une hache ou un
tomahawk :

« Qu'ils y viennent maintenant! »

Ils? Qui, *Ils ?*

Tartarin ne le savait pas bien lui-même... *Ils!* c'était
tout ce qui attaque, tout ce qui combat, tout ce qui
mord, tout ce qui griffe, tout ce qui scalpe, tout ce
qui hurle, tout ce qui rugit... *Ils!* c'était l'Indien sioux
dansant autour du poteau de guerre où le malheureux blanc est attaché.

C'était l'ours gris des montagnes Rocheuses qui
se dandine, et qui se lèche avec une langue pleine de
sang. C'était encore le Touareg du désert, le pirate
malais, le bandit des Abruzzes... *Ils*, enfin, c'était *ils!*...
c'est-à-dire la guerre, les voyages, l'aventure, la gloire.

Mais, hélas! l'intrépide Tarasconnais avait beau *les*
appeler, *les* défier... ils ne venaient jamais... Pecaïré!
qu'est-ce qu'*ils* seraient venus faire à Tarascon ?

Tartarin cependant *les* attendait toujours, — surtout le soir en allant au cercle.

QUAND TARTARIN ALLAIT AU CERCLE

Le chevalier du Temple se disposant à faire une sortie contre l'infidèle qui l'assiège, le *tigre* chinois s'équipant pour la bataille, le guerrier comanche entrant sur le sentier de la guerre, tout cela n'est rien auprès de Tartarin de Tarascon s'armant de pied en cap pour aller au cercle, à neuf heures du soir, une heure après les clairons de la retraite.

Branle-bas de combat! comme disent les matelots.

A la main gauche, Tartarin prenait un coup-de-poing à pointes de fer, à la main droite une canne à épée; dans la poche gauche, un casse-tête; dans la poche droite, un revolver. Sur la poitrine, entre drap et flanelle, un kriss malais. Par exemple, jamais de flèche empoisonnée; ce sont des armes trop déloyales!...

Avant de partir, dans le silence et l'ombre de son cabinet, il s'exerçait un moment, se fendait, tirait au mur, faisait jouer ses muscles; puis, il prenait son passe-partout, et traversait le jardin, gravement, sans se presser. — A l'anglaise, messieurs, à l'anglaise! c'est le vrai courage. — Au bout du jardin, il ouvrait la lourde porte de fer. Il l'ouvrait brusquement, violemment, de façon à ce qu'elle allât battre en dehors contre la muraille... S'*ils* avaient été derrière, vous pensez quelle marmelade!... Malheureusement, *ils* n'étaient pas derrière.

La porte ouverte, Tartarin sortait, jetait vite un coup d'œil de droite et de gauche, fermait la porte à double tour et vivement. Puis en route.

Sur le chemin d'Avignon, pas un chat. Portes closes, fenêtres éteintes. Tout était noir. De loin en loin un réverbère, clignotant dans le brouillard du Rhône...

Superbe et calme, Tartarin de Tarascon s'en allait ainsi dans la nuit, faisant sonner ses talons en mesure, et du bout ferré de sa canne arrachant des étincelles aux pavés... Boulevards, grandes rues ou ruelles, il avait soin de tenir toujours le milieu de la chaussée, excellente mesure de précaution qui vous permet de voir venir le danger, et surtout d'éviter ce qui, le soir, dans les rues de Tarascon, tombe quelquefois des fenêtres. A lui voir tant de prudence, n'allez pas croire au moins que Tartarin eût peur... Non! seulement il se gardait.

La meilleure preuve que Tartarin n'avait pas peur, c'est qu'au lieu d'aller au cercle par le cours, il y allait par la ville, c'est-à-dire par le plus long, par le plus noir, par un tas de vilaines petites rues au bout desquelles on voit le Rhône luire sinistrement. Le pauvre homme espérait toujours qu'au détour d'un de ces coupe-gorge *ils* allaient s'élancer de l'ombre et lui tomber sur le dos. *Ils* auraient été bien reçus, je vous en réponds... Mais, hélas! par une dérision du destin, jamais, au grand jamais, Tartarin de Tarascon n'eut la chance de faire une mauvaise rencontre. Pas même un chien, pas même un ivrogne. Rien!

Parfois cependant une fausse alerte. Un bruit de pas, des voix étouffées... « Attention! » se disait Tartarin, et il restait planté sur place, scrutant l'ombre, prenant le vent, appuyant son oreille contre terre à la mode indienne... Les pas approchaient. Les voix devenaient distinctes... Plus de doutes! *Ils* arrivaient.. *Ils* étaient là. Déjà Tartarin, l'œil en feu, la poitrine haletante, se ramassait sur lui-même comme un jaguar, et se préparait à bondir en poussant son cri de guerre... quand tout à coup, du sein de l'ombre, il entendait de bonnes voix tarasconnaises l'appeler bien tranquillement :

« Té! vé!... c'est Tartarin... Et adieu, Tartarin! »

Malédiction! c'était le pharmacien Bézuquet avec sa famille qui venait de chanter *la sienne* chez les Costecalde. — « Bonsoir! bonsoir! » grommelait Tartarin, furieux de sa méprise; et, farouche, la canne haute, il s'enfonçait dans la nuit.

Arrivé dans la rue du cercle, l'intrépide Tarasconnais attendait encore un moment en se promenant de long en large devant la porte avant d'entrer... A la fin, las de *les* attendre et certain qu'*ils* ne se montreraient pas, il jetait un dernier regard de défi dans l'ombre et murmurait avec colère : « Rien!... rien!... jamais rien! »

Là-dessus le brave homme entrait faire son bésigue avec le commandant.

LES DEUX TARTARIN

Avec cette rage d'aventures, ce besoin d'émotions fortes, cette folie de voyages, de courses, de diable au vert, comment diantre se trouvait-il que Tartarin de Tarascon n'eût jamais quitté Tarascon ?

Car c'est un fait. Jusqu'à l'âge de quarante-cinq ans, l'intrépide Tarasconnais n'avait pas une fois couché hors de sa ville. Il n'avait pas même fait ce fameux voyage à Marseille, que tout bon Provençal se paie à sa majorité. C'est au plus s'il connaissait Beaucaire, et cependant Beaucaire n'est pas bien loin de Tarascon, puisqu'il n'y a que le pont à traverser. Malheureusement ce diable de pont a été si souvent emporté par les coups de vent, il est si long, si frêle, et le Rhône a tant de largeur à cet endroit que, ma foi! vous comprenez... Tartarin de Tarascon préférait la terre ferme.

C'est qu'il faut bien vous l'avouer, il y avait dans notre héros deux natures très distinctes. « Je sens deux hommes en moi », a dit je ne sais quel Père de l'Église. Il l'eût dit vrai de Tartarin qui portait en lui l'âme de don Quichotte, les mêmes élans chevaleresques, le même idéal héroïque, la même folie du romanesque et du grandiose; mais malheureusement n'avait pas le corps du célèbre hidalgo, ce corps osseux

et maigre, ce prétexte de corps, sur lequel la vie maté-
rielle manquait de prise, capable de passer vingt nuits
sans déboucler sa cuirasse et quarante-huit heures avec
une poignée de riz... Le corps de Tartarin, au contraire,
était un brave homme de corps, très gras, très lourd,
très sensuel, très douillet, très geignard, plein d'appétits bourgeois et d'exigences domestiques, le corps
ventru et court sur pattes de l'immortel Sancho Pança.

Don Quichotte et Sancho Pança dans le même
homme! vous comprenez quel mauvais ménage ils y
devaient faire! quels combats! quels déchirements!...
O le beau dialogue à écrire pour Lucien ou pour Saint-
Evremond, un dialogue entre les deux Tartarin, le Tartarin-Quichotte et le Tartarin-Sancho! Tartarin-Quichotte s'exaltant aux récits de Gustave Aimard et
criant : « Je pars! »

Tartarin-Sancho ne pensant qu'aux rhumatismes et
disant : « Je reste. »

TARTARIN-QUICHOTTE, *très exalté :*

Couvre-toi de gloire, Tartarin.

TARTARIN-SANCHO, *très calme :*

Tartarin, couvre-toi de flanelle.

TARTARIN-QUICHOTTE,
de plus en plus exalté :

O les bons rifles à deux coups! ô les dagues, les
lassos, les mocassins!

TARTARIN-SANCHO, *de plus en plus calme :*

O les bons gilets tricotés! les bonnes genouillères
bien chaudes! ô les braves casquettes à oreillettes!

TARTARIN-QUICHOTTE, *hors de lui :*

Une hache! qu'on me donne une hache!

TARTARIN-SANCHO, *sonnant la bonne :*

Jeannette, mon chocolat.

Là-dessus, Jeannette apparaît avec un excellent chocolat, chaud, moiré, parfumé, et de succulentes grillades à l'anis, qui font rire Tartarin-Sancho en étouffant les cris de Tartarin-Quichotte.

Et voilà comme il se trouvait que Tartarin de Tarascon n'eût jamais quitté Tarascon.

VII

LES EUROPÉENS A SHANGHAI.
LE HAUT COMMERCE. LES TARTARES.
TARTARIN DE TARASCON SERAIT-IL UN IMPOSTEUR ?
LE MIRAGE

Une fois cependant Tartarin avait failli partir, pour un grand voyage.

Les trois frères Garcio-Camus, des Tarasconnais établis à Shanghaï, lui avaient offert la direction d'un de leurs comptoirs là-bas. Ça, par exemple, c'était bien la vie qu'il lui fallait. Des affaires considérables, tout un monde de commis à gouverner, des relations avec la Russie, la Perse, la Turquie d'Asie, enfin le Haut Commerce.

Dans la bouche de Tartarin, ce mot de Haut Commerce vous apparaissait d'une hauteur!...

La maison de Garcio-Camus avait en outre cet avantage qu'on y recevait quelquefois la visite des Tartares. Alors vite on fermait les portes. Tous les commis prenaient les armes, on hissait le drapeau consulaire, et pan! pan! par les fenêtres, sur les Tartares.

Avec quel enthousiasme Tartarin-Quichotte sauta sur cette proposition, je n'ai pas besoin de vous le dire; par malheur, Tartarin-Sancho n'entendait pas de cette oreille-là, et, comme il était le plus fort, l'affaire ne put pas s'arranger. Dans la ville, on en parla beaucoup. Partira-t-il? ne partira-t-il pas? Parions que si, parions que non. Ce fut un événement... En fin de compte, Tartarin ne partit pas, mais toutefois cette histoire lui fit beaucoup d'honneur. Avoir failli aller à Shanghaï ou y être allé, pour Tarascon, c'était tout comme. A force de parler du voyage de Tartarin, on finit par croire qu'il en revenait, et le soir, au cercle, tous ces messieurs lui demandaient des renseignements sur la vie à Shanghaï, sur les mœurs, le climat, l'opium, le Haut Commerce.

Tartarin, très bien renseigné, donnait de bonne grâce les détails qu'on voulait, et, à la longue, le brave homme n'était pas bien sûr lui-même de n'être pas allé à Shanghaï, si bien qu'en racontant pour la centième fois la descente des Tartares, il en arrivait à dire très naturellement : « Alors, je fais armer mes commis, je hisse le pavillon consulaire, et pan! pan! par les fenêtres, sur les Tartares. » En entendant cela, tout le cercle frémissait...

— Mais alors, votre Tartarin n'était qu'un affreux menteur.

— Non! mille fois non! Tartarin n'était pas un menteur...

— Pourtant, il devait bien savoir qu'il n'était pas allé à Shanghaï!

— Eh sans doute, il le savait. Seulement...

Seulement, écoutez bien ceci. Il est temps de s'entendre une fois pour toutes sur cette réputation de menteurs que les gens du Nord ont faite aux Méridionaux. Il n'y a pas de menteurs dans le Midi, pas plus à Marseille qu'à Nîmes, qu'à Toulouse, qu'à Tarascon. L'homme du Midi ne ment pas, il se trompe. Il ne dit pas toujours la vérité, mais il croit la dire... Son mensonge à lui, ce n'est pas du mensonge, c'est une espèce de mirage...

Oui, du mirage!... Et pour bien me comprendre, allez-vous-en dans le Midi, et vous verrez. Vous verrez ce diable de pays où le soleil transfigure tout, et fait tout plus grand que nature. Vous verrez ces petites collines de Provence pas plus hautes que la butte Montmartre et qui vous paraîtront gigantesques, vous verrez la Maison carrée de Nîmes — un petit bijou d'étagère — qui vous semblera aussi grande que Notre-Dame. Vous verrez... Ah! le seul menteur du Midi, s'il y en a un, c'est le soleil... Tout ce qu'il touche, il l'exagère!... Qu'est-ce que c'était que Sparte aux temps de sa splendeur ? Une bourgade... Qu'est-ce que c'était qu'Athènes ? Tout au plus une sous-préfecture... et pourtant dans l'Histoire elles nous apparaissent comme des villes énormes. Voilà ce que le soleil en a fait...

Vous étonnerez-vous après cela que le même soleil, tombant sur Tarascon, ait pu faire d'un ancien capitaine d'habillement comme Bravida, le brave commandant Bravida, d'un navet un baobab, et d'un homme qui avait failli aller à Shanghaï un homme qui y était allé ?

VIII

LA MÉNAGERIE MITAINE.
UN LION DE L'ATLAS A TARASCON.
TERRIBLE ET SOLENNELLE ENTREVUE

Et maintenant que nous avons montré Tartarin de Tarascon comme il était en son privé, avant que la gloire l'eût baisé au front et coiffé du laurier séculaire, maintenant que nous avons raconté cette vie héroïque dans un milieu modeste, ses joies, ses douleurs, ses rêves, ses espérances, hâtons-nous d'arriver aux grandes pages de son histoire et au singulier événement qui devait donner l'essor à cette incomparable destinée.

C'était un soir, chez l'armurier Costecalde. Tartarin de Tarascon était en train de démontrer à quelques amateurs le maniement du fusil à aiguille, alors dans toute sa nouveauté... Soudain la porte s'ouvre, et un chasseur de casquettes se précipite effaré dans la boutique, en criant : « Un lion!... un lion!... » Stupeur générale, effroi, tumulte, bousculade, Tartarin croise la baïonnette, Costecalde court fermer la porte. On entoure le chasseur, on l'interroge, on le presse, et voici ce qu'on apprend : la ménagerie Mitaine, revenant de la foire de Beaucaire, avait consenti à faire une halte de quelques jours à Tarascon et venait de s'installer sur la place du Château avec un tas de boas, de phoques, de crocodiles et un magnifique lion de l'Atlas.

Un lion de l'Atlas à Tarascon! Jamais, de mémoire

d'homme, pareille chose ne s'était vue. Aussi comme nos braves chasseurs de casquettes se regardaient fièrement! quel rayonnement sur leurs mâles visages, et, dans tous les coins de la boutique Costecalde, quelles bonnes poignées de mains silencieusement échangées! L'émotion était si grande, si imprévue, que personne ne trouvait un mot à dire...

Pas même Tartarin. Pâle et frémissant, le fusil à aiguille encore entre les mains, il songeait debout devant le comptoir... Un lion de l'Atlas, là, tout près, à deux pas! Un lion! c'est-à-dire la bête héroïque et féroce par excellence, le roi des fauves, le gibier de ses rêves, quelque chose comme le premier sujet de cette troupe idéale qui lui jouait de si beaux drames dans son imagination...

Un lion, mille dieux!!!

Et de l'Atlas encore!... C'était plus que le grand Tartarin n'en pouvait supporter...

Tout à coup un paquet de sang lui monta au visage.

Ses yeux flambèrent. D'un geste convulsif il jeta le fusil à aiguille sur son épaule, et, se tournant vers le brave commandant Bravida, ancien capitaine d'habillement, il lui dit d'une voix de tonnerre : « Allons voir ça, commandant. »

« Hé! bé... hé! bé... Et mon fusil!... mon fusil à aiguille que vous emportez!... » hasarda timidement le prudent Costecalde; mais Tartarin avait tourné la rue, et derrière lui tous les chasseurs de casquettes emboîtant fièrement le pas.

Quand ils arrivèrent à la ménagerie, il y avait déjà beaucoup de monde. Tarascon, race héroïque, mais trop longtemps privée de spectacle à sensations, s'était rué sur la baraque Mitaine et l'avait prise d'assaut.

Aussi la grosse Mme Mitaine était bien contente... En costume kabyle, les bras nus jusqu'au coude, des bracelets de fer aux chevilles, une cravache dans une main, dans l'autre un poulet vivant, quoique plumé, l'illustre dame faisait les honneurs de la baraque aux Tarasconnais, et comme elle avait *doubles muscles*, elle aussi, son succès était presque aussi grand que celui de ses pensionnaires.

L'entrée de Tartarin, le fusil sur l'épaule, jeta un froid.

Tous ces braves Tarasconnais, qui se promenaient bien tranquillement devant les cages, sans armes, sans méfiance, sans même aucune idée de danger, eurent un mouvement de terreur assez naturel en voyant leur grand Tartarin entrer dans la baraque avec son formidable engin de guerre. Il y avait donc quelque chose à craindre, puisque lui, ce héros... En un clin d'œil, tout le devant des cages se trouva dégarni. Les enfants criaient de peur, les dames regardaient la porte. Le pharmacien Bézuquet s'esquiva, en disant qu'il allait chercher son fusil...

Peu à peu cependant, l'attitude de Tartarin rassura les courages. Calme, la tête haute, l'intrépide Tarasconnais fit lentement le tour de la baraque, passa sans s'arrêter devant la baignoire du phoque, regarda d'un œil dédaigneux la longue caisse pleine de son où le boa digérait son poulet cru, et vint enfin se planter devant la cage du lion...

Terrible et solennelle entrevue! le lion de Tarascon et le lion de l'Atlas en face l'un de l'autre... D'un côté, Tartarin, debout, le jarret tendu, les deux bras appuyés sur son rifle; de l'autre, le lion, un lion gigantesque, vautré dans la paille, l'œil clignotant, l'air abruti, avec

son énorme mufle à perruque jaune posé sur les
pattes de devant... Tous deux calmes et se regardant.

Chose singulière! soit que le fusil à aiguille lui eût
donné de l'humeur, soit qu'il eût flairé un ennemi de
sa race, le lion, qui jusque-là avait regardé les Tarasconnais d'un air de souverain mépris en leur bâillant
au nez à tous, le lion eut tout à coup un mouvement de
colère. D'abord il renifla, gronda sourdement, écarta
ses griffes, étira ses pattes; puis il se leva, dressa la
tête, secoua sa crinière, ouvrit une gueule immense et
poussa vers Tartarin un formidable rugissement.

Un cri de terreur lui répondit. Tarascon, affolé, se
précipita vers les portes. Tous, femmes, enfants, portefaix, chasseurs de casquettes, le brave commandant
Bravida lui-même... Seul, Tartarin de Tarascon ne
bougea pas... Il était là, ferme et résolu, devant la
cage, des éclairs dans les yeux et cette terrible moue
que toute la ville connaissait... Au bout d'un moment,
quand les chasseurs de casquettes, un peu rassurés
par son attitude et la solidité des barreaux, se rappro-
chèrent de leur chef, ils entendirent qu'il murmurait,
en regardant le lion : « Ça, oui, c'est une chasse. »

Ce jour-là, Tartarin de Tarascon n'en dit pas davantage...

IX

SINGULIERS EFFETS DU MIRAGE

Ce jour-là, Tartarin de Tarascon n'en dit pas davantage; mais le malheureux en avait déjà trop dit...

Le lendemain, il n'était bruit dans la ville que du prochain départ de Tartarin pour l'Algérie et la chasse aux lions. Vous êtes tous témoins, chers lecteurs, que le brave homme n'avait pas soufflé mot de cela; mais vous savez, le mirage...

Bref, tout Tarascon ne parlait que de ce départ.

Sur le cours, au cercle, chez Costecalde, les gens s'abordaient d'un air effaré :

— Et autrement, vous savez la nouvelle, au moins ?

— Et autrement, quoi donc ?... Le départ de Tartarin, au moins ?

Car à Tarascon toutes les phrases commencent par *et autrement*, qu'on prononce *autremain*, et finissent par *au moins*, qu'on prononce *au mouain*. Or, ce jour-là, plus que tous les autres, les *au mouain* et les *autremain* sonnaient à faire trembler les vitres.

L'homme le plus surpris de la ville, en apprenant qu'il allait partir pour l'Afrique, ce fut Tartarin. Mais voyez ce que c'est que la vanité! Au lieu de répondre simplement qu'il ne partait pas du tout, qu'il n'avait

jamais eu l'intention de partir, le pauvre Tartarin —
la première fois qu'on lui parla de ce voyage — fit
d'un petit air évasif : « Hé!... hé!... peut-être... je ne dis
pas. » La seconde fois, un peu plus familiarisé avec
cette idée, il répondit : « C'est probable. » La troisième fois : « C'est certain! »

Enfin, le soir, au cercle et chez les Costecalde,
entraîné par le punch aux œufs, les bravos, les lumières;
grisé par le succès que l'annonce de son départ avait
eu dans la ville, le malheureux déclara formellement
qu'il était las de chasser la casquette et qu'il allait,
avant peu, se mettre à la poursuite des grands lions de
l'Atlas...

Un hourra formidable accueillit cette déclaration.
Là-dessus, nouveau punch aux œufs, poignées de
mains, accolades et sérénade aux flambeaux jusqu'à
minuit devant la petite maison du baobab.

C'est Tartarin-Sancho qui n'était pas content! Cette
idée de voyage en Afrique et de chasse au lion lui
donnait le frisson par avance; et, en rentrant au logis,
pendant que la sérénade d'honneur sonnait sous leurs
fenêtres, il fit à Tartarin-Quichotte une scène effroyable,
l'appelant toqué, visionnaire, imprudent, triple fou,
lui détaillant par le menu toutes les catastrophes qui
l'attendaient dans cette expédition, naufrages, rhumatismes, fièvres chaudes, dysenteries, peste noire, élé-
phantiasis, et le reste...

En vain Tartarin-Quichotte jurait-il de ne pas faire
d'imprudences, qu'il se couvrirait bien, qu'il empor-
terait tout ce qu'il faudrait, Tartarin-Sancho ne voulait
rien entendre. Le pauvre homme se voyait déjà déchiqueté par les lions, englouti dans les sables du désert
comme feu Cambyse, et l'autre Tartarin ne parvint à

l'apaiser un peu qu'en lui expliquant que ce n'était pas pour tout de suite, que rien ne pressait et qu'en fin de compte ils n'étaient pas encore partis.

Il est bien clair, en effet, que l'on ne s'embarque pas pour une expédition semblable sans prendre quelques précautions. Il faut savoir où l'on va, que diable! et ne pas partir comme un oiseau...

Avant toutes choses, le Tarasconnais voulut lire les récits des grands touristes africains, les relations de Mungo-Park, de Caillé, du docteur Livingstone, d'Henri Duveyrier.

Là, il vit que ces intrépides voyageurs, avant de chausser leurs sandales pour les excursions lointaines, s'étaient préparés de longue main à supporter la faim, la soif, les marches forcées, les privations de toutes sortes. Tartarin voulut faire comme eux, et, à partir de ce jour-là, ne se nourrit plus que d'*eau bouillie*. — Ce qu'on appelle *eau bouillie*, à Tarascon, c'est quelques tranches de pain noyées dans de l'eau chaude, avec une gousse d'ail, un peu de thym, un brin de laurier. — Le régime était sévère, et vous pensez si le pauvre Sancho fit la grimace...

A l'entraînement par l'eau bouillie Tartarin de Tarascon joignit d'autres sages pratiques. Ainsi, pour prendre l'habitude des longues marches, il s'astreignit à faire chaque matin son tour de ville sept ou huit fois de suite, tantôt au pas accéléré, tantôt au pas gymnastique, les coudes au corps et deux petits cailloux blancs dans la bouche, selon la mode antique.

Puis, pour se faire aux fraîcheurs nocturnes, aux brouillards, à la rosée, il descendait tous les soirs dans son jardin et restait jusqu'à des dix et onze heures, seul avec son fusil, à l'affût derrière le baobab...

Enfin, tant que la ménagerie Mitaine resta à Tarascon, les chasseurs de casquettes attardés chez Costecalde purent voir dans l'ombre, en passant sur la place
du Château, un homme mystérieux se promenant de
long en large derrière la baraque.

C'était Tartarin de Tarascon, qui s'habituait à
entendre sans frémir les rugissements du lion dans la
nuit sombre.

X

AVANT LE DÉPART

Pendant que Tartarin s'entraînait ainsi par toutes sortes de moyens héroïques, tout Tarascon avait les yeux sur lui; on ne s'occupait plus d'autre chose. La chasse à la casquette ne battait plus que d'une aile, les romances chômaient. Dans la pharmacie Bézuquet, le piano languissait sous une housse verte, et les mouches cantharides séchaient dessus, le ventre en l'air... L'expédition de Tartarin avait arrêté tout...

Il fallait voir le succès du Tarasconnais dans les salons. On se l'arrachait, on se le disputait, on se l'empruntait, on se le volait. Il n'y avait pas de plus grand honneur pour les dames que d'aller à la ménagerie Mitaine au bras de Tartarin, et de se faire expliquer devant la cage au lion comment on s'y prenait pour chasser ces grandes bêtes, où il fallait viser, à combien de pas, si les accidents étaient nombreux, etc., etc.

Tartarin donnait toutes les explications qu'on voulait. Il avait lu Jules Gérard et connaissait la chasse au lion sur le bout du doigt, comme s'il l'avait faite. Aussi parlait-il de ces choses avec une grande éloquence.

Mais où il était le plus beau, c'était le soir à dîner chez le président Ladevèze ou le brave commandant Bravida, ancien capitaine d'habillement, quand on apportait le café et que, toutes les chaises se rapprochant, on le faisait parler de ses chasses futures....

Alors, le coude sur la nappe, le nez dans son moka, le héros racontait d'une voix émue tous les dangers qui l'attendaient là-bas. Il disait les longs affûts sans lune, les marais pestilentiels, les rivières empoisonnées par la feuille du laurier-rose, les neiges, les soleils ardents, les scorpions, les pluies de sauterelles; il disait aussi les mœurs des grands lions de l'Atlas, leur façon de combattre, leur vigueur phénoménale et leur férocité au temps du rut...

Puis, s'exaltant à son propre récit, il se levait de table, bondissait au milieu de la salle à manger, imitant le cri du lion, le bruit d'une carabine, pan! pan! le sifflement d'une balle explosive, pfft! pfft! gesticulait, rugissait, renversait les chaises...

Autour de la table, tout le monde était pâle. Les hommes se regardaient en hochant la tête, les dames fermaient les yeux avec de petits cris d'effroi, les vieillards brandissaient leurs longues cannes belliqueusement, et, dans la chambre à côté, les petits garçonnets qu'on couche de bonne heure, éveillés en sursaut par les rugissements et les coups de feu, avaient grand-peur et demandaient de la lumière.

En attendant, Tartarin ne partait pas.

DES COUPS D'ÉPÉE,
MESSIEURS, DES COUPS D'ÉPÉE!...
MAIS PAS DE COUPS D'ÉPINGLE!

Avait-il bien réellement l'intention de partir ?...
Question délicate, et à laquelle l'historien de Tartarin serait fort embarrassé de répondre.

Toujours est-il que la ménagerie Mitaine avait quitté
Tarascon depuis plus de trois mois, et le tueur de lions
ne bougeait pas... Après tout, peut-être le candide héros,
aveuglé par un nouveau mirage, se figurait-il de bonne
foi qu'il était allé en Algérie. Peut-être qu'à force de
raconter ses futures chasses, il s'imaginait les avoir
faites, aussi sincèrement qu'il s'imaginait avoir hissé
le drapeau consulaire et tiré sur les Tartares, pan! pan!
à Shanghaï.

Malheureusement, si cette fois encore Tartarin de
Tarascon fut victime du mirage, les Tarasconnais ne le
furent pas. Lorsqu'au bout de trois mois d'attente,
on s'aperçut que le chasseur n'avait pas encore fait
une malle, on commença à murmurer.

« Ce sera comme pour Shanghaï! » disait Costecalde en souriant. Et le mot de l'armurier fit fureur
dans la ville; car personne ne croyait plus en Tartarin.

Les naïfs, les poltrons, des gens comme Bézuquet,
qu'une puce aurait mis en fuite et qui ne pouvaient pas
tirer un coup de fusil sans fermer les yeux, ceux-là

surtout étaient impitoyables. Au cercle, sur l'esplanade, ils abordaient le pauvre Tartarin avec de petits airs goguenards.

— Et *autremain*, pour quand ce voyage ?

Dans la boutique Costecalde, son opinion ne faisait plus foi. Les chasseurs de casquettes reniaient leur chef!

Puis les épigrammes s'en mêlèrent. Le président Ladevèze, qui faisait volontiers en ses heures de loisir deux doigts de cour à la muse provençale, composa dans la langue du cru une chanson qui eut beaucoup de succès. Il était question d'un certain grand chasseur appelé maître Gervais, dont le fusil redoutable devait exterminer jusqu'au dernier tous les lions d'Afrique. Par malheur ce diable de fusil était de complexion singulière : *on le chargeait toujours, il ne partait jamais.*

Il ne partait jamais! vous comprenez l'allusion...

En un tour de main, cette chanson devint populaire et quand Tartarin passait, les portefaix du quai, les petits décrotteurs de devant sa porte chantaient en chœur :

> Lou fùsioù de mestre Gervaï
> Toujou lou cargon, toujou lou cargon,
> Lou fùsioù de mestre Gervaï
> Toujou lou cargon, part jamaï.

Seulement cela se chantait de loin, à cause des doubles muscles.

O fragilité des engouements de Tarascon!...

Le grand homme, lui, feignait de ne rien voir, de ne rien entendre; mais au fond cette petite guerre sourde et venimeuse l'affligeait beaucoup; il sentait Tarascon lui glisser dans la main, la faveur populaire aller à d'autres, et cela le faisait horriblement souffrir.

Ah! la grande gamelle de la popularité, il fait bon s'asseoir devant, mais quel échaudement quand elle se renverse!...

En dépit de sa souffrance, Tartarin souriait et menait paisiblement sa même vie, comme si de rien n'était.

Quelquefois cependant ce masque de joyeuse insouciance, qu'il s'était par fierté collé sur le visage, se détachait subitement. Alors, au lieu du rire, on voyait l'indignation et la douleur...

C'est ainsi qu'un matin que les petits décrotteurs chantaient sous ses fenêtres : *Lou fùsioù de mestre Gervaï*, les voix de ces misérables arrivèrent jusqu'à la chambre du pauvre grand homme en train de se raser devant sa glace. (Tartarin portait toute sa barbe, mais, comme elle venait trop forte, il était obligé de la surveiller.)

Tout à coup la fenêtre s'ouvrit violemment et Tartarin apparut en chemise, en serre-tête, barbouillé de bon savon blanc, brandissant son rasoir et sa savonnette, et criant d'une voix formidable :

« Des coups d'épée, Messieurs, des coups d'épée!... Mais pas de coups d'épingle ! »

Belles paroles dignes de l'histoire, qui n'avaient que le tort de s'adresser à ces petits *fouchtras*, hauts comme leurs boîtes à cirage, et gentilshommes tout à fait incapables de tenir une épée!

XII

DE CE QUI FUT DIT DANS LA PETITE MAISON
DU BAOBAB

Au milieu de la défection générale, l'armée seule tenait bon pour Tartarin.

Le brave commandant Bravida, ancien capitaine d'habillement, continuait à lui marquer la même estime : « C'est un lapin! » s'entêtait-il à dire, et cette affirmation valait bien, j'imagine, celle du pharmacien Bézuquet... Pas une fois le brave commandant n'avait fait allusion au voyage en Afrique; pourtant, quand la clameur publique devint trop forte, il se décida à parler.

Un soir, le malheureux Tartarin était seul dans son cabinet, pensant à des choses tristes, quand il vit entrer le commandant, grave, ganté de noir, boutonné jusqu'aux oreilles.

« Tartarin », fit l'ancien capitaine avec autorité, « Tartarin, il faut partir! » Et il restait debout dans l'encadrement de la porte — rigide et grand comme le devoir.

Tout ce qu'il y avait dans ce « Tartarin, il faut partir! » Tartarin de Tarascon le comprit.

Très pâle, il se leva, regarda autour de lui d'un œil attendri ce joli cabinet, bien clos, plein de chaleur et de lumière douce, ce large fauteuil si commode, ses livres, son tapis, les grands stores blancs de ses fenêtres, derrière lesquels tremblaient les branches grêles du petit jardin; puis, s'avançant vers le brave commandant, il lui prit la main, la serra avec énergie et, d'une voix où roulaient des larmes, stoïque cependant, il lui dit : « Je partirai, Bravida! »

Et il partit comme il l'avait dit. Seulement pas encore tout de suite... il lui fallut le temps de s'outiller.

D'abord il commanda chez Bompard deux grandes malles doublées de cuivre, avec une longue plaque portant cette inscription :

TARTARIN DE TARASCON
CAISSE D'ARMES

Le doublage et la gravure prirent beaucoup de temps. Il commanda aussi chez Tastavin un magnifique album de voyage pour écrire son journal, ses impressions; car enfin on a beau chasser le lion, on pense tout de même en route.

Puis il fit venir de Marseille toute une cargaison de conserves alimentaires, du pemmican en tablettes pour faire du bouillon, une tente-abri d'un nouveau modèle, se montant et se démontant à la minute, des bottes de marin, deux parapluies, un water-proof, des lunettes bleues pour prévenir les ophtalmies. Enfin le pharmacien Bézuquet lui confectionna une petite pharmacie portative bourrée de sparadrap, d'arnica, de camphre, de vinaigre des quatre-voleurs.

Pauvre Tartarin! ce qu'il en faisait, ce n'était pas pour lui; mais il espérait, à force de précautions et d'attentions délicates, apaiser la fureur de Tartarin-Sancho, qui, depuis que le départ était décidé, ne décolérait ni de jour ni de nuit.

XIII

LE DÉPART

Enfin il arriva, le jour solennel, le grand jour.

Dès l'aube, tout Tarascon était sur pied, encombrant le chemin d'Avignon et les abords de la petite maison du baobab.

Du monde aux fenêtres, sur les toits, sur les arbres; des mariniers du Rhône, des portefaix, des décrotteurs, des bourgeois, des ourdisseuses, des taffetassières, le cercle, enfin toute la ville; puis aussi des gens de Beaucaire qui avaient passé le pont, des maraîchers de la banlieue, des charrettes à grandes bâches, des vignerons hissés sur de belles mules attifées de rubans, de flots, de grelots, de nœuds, de sonnettes, et même, de loin en loin, quelques jolies filles d'Arles venues en croupe de leur galant, le ruban d'azur autour de la tête, sur de petits chevaux de Camargue gris de fer.

Toute cette foule se pressait, se bousculait devant la porte de Tartarin, ce bon M. Tartarin, qui s'en allait tuer des lions chez les *Teurs*.

Pour Tarascon, l'Algérie, l'Afrique, la Grèce, la Perse, la Turquie, la Mésopotamie, tout cela forme un grand pays très vague, presque mythologique, et cela s'appelle les *Teurs* (les Turcs).

Au milieu de cette cohue, les chasseurs de casquettes allaient et venaient, fiers du triomphe de leur chef, et traçant sur leur passage comme des sillons glorieux.

Devant la maison du baobab, deux grandes brouettes. De temps en temps, la porte s'ouvrait, laissait voir quelques personnes qui se promenaient gravement dans le petit jardin. Des hommes apportaient des malles, des caisses, des sacs de nuit, qu'ils empilaient sur les brouettes.

A chaque nouveau colis, la foule frémissait. On se nommait les objets à haute voix. « Ça, c'est la tente-abri... Ça, ce sont les conserves... la pharmacie... les caisses d'armes... » Et les chasseurs de casquettes donnaient des explications.

Tout à coup, vers dix heures, il se fit un grand mouvement dans la foule. La porte du jardin tourna sur ses gonds violemment.

— C'est lui!... c'est lui! criait-on.

C'était lui...

Quand il parut sur le seuil, deux cris de stupeur partirent de la foule :

— C'est un *Teur!*...

— Il a des lunettes!

Tartarin de Tarascon, en effet, avait cru de son devoir, allant en Algérie, de prendre le costume algérien. Large pantalon bouffant en toile blanche, petite veste collante à boutons de métal, deux pieds de ceinture rouge autour de l'estomac, le cou nu, le front rasé, sur sa tête une gigantesque *chéchia* (bonnet rouge) et un flot bleu d'une longueur!... Avec cela, deux lourds fusils, un sur chaque épaule, un grand couteau de chasse à la ceinture, sur le ventre une cartouchière,

sur la hanche un revolver se balançant dans sa poche
de cuir. C'est tout...

Ah! pardon, j'oubliais les lunettes, une énorme
paire de lunettes bleues qui venaient là bien à propos
pour corriger ce qu'il y avait d'un peu trop farouche
dans la tournure de notre héros!

« Vive Tartarin!... vive Tartarin! » hurla le peuple.
Le grand homme sourit, mais ne salua pas, à cause de
ses fusils qui le gênaient. Du reste, il savait maintenant
à quoi s'en tenir sur la faveur populaire; peut-être
même qu'au fond de son âme il maudissait ses terribles compatriotes, qui l'obligeaient à partir, à quitter
son joli petit chez lui aux murs blancs, aux persiennes
vertes... Mais cela ne se voyait pas.

Calme et fier, quoique un peu pâle, il s'avança
sur la chaussée, regarda ses brouettes, et, voyant
que tout était bien, prit gaillardement le chemin de la
gare, sans même se retourner une fois vers la maison
du baobab. Derrière lui marchaient le brave commandant Bravida, ancien capitaine d'habillement, le président Ladevèze, puis l'armurier Costecalde et tous
les chasseurs de casquettes, puis les brouettes, puis
le peuple.

Devant l'embarcadère, le chef de gare l'attendait
— un vieil Africain de 1830, qui lui serra la main plusieurs fois avec chaleur.

L'express Paris-Marseille n'était pas encore arrivé.
Tartarin et son état-major entrèrent dans les salles
d'attente. Pour éviter l'encombrement, derrière eux
le chef de gare fit fermer les grilles.

Pendant un quart d'heure, Tartarin se promena de
long en large dans les salles, au milieu des chasseurs
de casquettes. Il leur parlait de son voyage, de sa

chasse, promettant d'envoyer des peaux. On s'inscrivait sur son carnet pour une peau comme pour une contredanse.

Tranquille et doux comme Socrate au moment de boire la ciguë, l'intrépide Tarasconnais avait un mot pour chacun, un sourire pour tout le monde. Il parlait simplement, d'un air affable; on aurait dit qu'avant de partir, il voulait laisser derrière lui comme une traînée de charme, de regrets, de bons souvenirs. D'entendre leur chef parler ainsi, tous les chasseurs de casquettes avaient des larmes, quelques-uns même des remords, comme le président Ladevèze et le pharmacien Bézuquet.

Des hommes d'équipe pleuraient dans des coins. Dehors, le peuple regardait à travers les grilles, et criait : « Vive Tartarin! »

Enfin la cloche sonna. Un roulement sourd, un sifflet déchirant ébranla les voûtes... En voiture! en voiture!

— Adieu, Tartarin!... adieu, Tartarin!...

— Adieu, tous!... murmura le grand homme, et sur les joues du brave commandant Bravida il embrassa son cher Tarascon.

Puis il s'élança sur la voie, et monta dans un wagon plein de Parisiennes, qui pensèrent mourir de peur en voyant arriver cet homme étrange avec tant de carabines et de revolvers.

XIV

LE PORT DE MARSEILLE.
EMBARQUE! EMBARQUE!

Le 1er décembre 186..., à l'heure de midi, par un soleil d'hiver provençal, un temps clair, luisant, splendide, les Marseillais effarés virent déboucher sur la Canebière un *Teur*, oh mais un *Teur!*... Jamais ils n'en avaient vu un comme celui-là; et pourtant, Dieu sait s'il en manque à Marseille, des *Teurs!*

Le *Teur* en question — ai-je besoin de vous le dire? — c'était Tartarin, le grand Tartarin de Tarascon, qui s'en allait le long des quais, suivi de ses caisses d'armes, de sa pharmacie, de ses conserves, rejoindre l'embarcadère de la compagnie Touache, et le paquebot *le Zouave*, qui devait l'emporter là-bas.

L'oreille encore pleine des applaudissements tarasconnais, grisé par la lumière du ciel, l'odeur de la mer, Tartarin rayonnant marchait, ses fusils sur l'épaule, la tête haute, regardant de tous ses yeux ce merveilleux port de Marseille qu'il voyait pour la première fois, et qui l'éblouissait... Le pauvre homme croyait rêver. Il lui semblait qu'il s'appelait Sinbad le Marin, et qu'il errait dans une de ces villes fantastiques comme il y en a dans les *Mille et une Nuits*.

C'était à perte de vue un fouillis de mâts, de vergues, se croisant dans tous les sens. Pavillons de tous les

pays, russes, grecs, suédois, tunisiens, américains... Les
navires au ras du quai, les beauprés arrivant sur la
berge comme des rangées de baïonnettes. Au-dessous
les naïades, les déesses, les saintes vierges et autres
sculptures de bois peint qui donnent le nom au vais-
seau; tout cela mangé par l'eau de mer, dévoré, ruisselant, moisi... De temps en temps, entre les navires,
un morceau de mer, comme une grande moire tachée
d'huile... Dans l'enchevêtrement des vergues, des nuées
de mouettes faisant de jolies taches sur le ciel bleu,
des mousses qui s'appelaient dans toutes les langues.

Sur le quai, au milieu des ruisseaux qui venaient
des savonneries, verts, épais, noirâtres, chargés d'huile
et de soude, tout un peuple de douaniers, de commis-
sionnaires, de portefaix avec leurs *bogheys* attelés de
petits chevaux corses.

Des magasins de confections bizarres, des baraques
enfumées où les matelots faisaient leur cuisine, des
marchands de pipes, des marchands de singes, de
perroquets, de cordes, de toiles à voiles, des bric-à-
brac fantastiques où s'étalaient pêle-mêle de vieilles
couleuvrines, de grosses lanternes dorées, de vieux
palans, de vieilles ancres édentées, vieux cordages,
vieilles poulies, vieux porte-voix, lunettes marines du
temps de Jean Bart et de Duguay-Trouin. Des ven-
deuses de moules et de clovisses accroupies et piaillant à
côté de leurs coquillages. Des matelots passant avec
des pots de goudron, des marmites fumantes, de grands
paniers pleins de poulpes qu'ils allaient laver dans
l'eau blanchâtre des fontaines.

Partout, un encombrement prodigieux de marchan-
dises de toute espèce; soieries, minerais, trains de bois,
saumons de plomb, draps, sucres, caroubes, colzas,

réglisses, cannes à sucre. L'Orient et l'Occident pêle-
mêle. De grands tas de fromages de Hollande que les
Génoises teignaient en rouge avec leurs mains.

Là-bas, le quai au blé; les portefaix déchargeant
leurs sacs sur la berge du haut de grands échafaudages.
Le blé, torrent d'or, qui roulait au milieu d'une fumée
blonde. Des hommes en fez rouge, le criblant à mesure
dans de grands tamis de peau d'âne, et le chargeant
sur des charrettes qui s'éloignaient suivies d'un régi-
ment de femmes et d'enfants avec des balayettes et
des paniers à glanes... Plus loin, le bassin de carénage,
les grands vaisseaux couchés sur le flanc et qu'on flam-
bait avec des broussailles pour les débarrasser des
herbes de la mer, les vergues trempant dans l'eau,
l'odeur de la résine, le bruit assourdissant des charpen-
tiers doublant la coque des navires avec de grandes
plaques de cuivre.

Parfois entre les mâts, une éclaircie. Alors Tartarin
voyait l'entrée du port, le grand va-et-vient des navires,
une frégate anglaise partant pour Malte, pimpante et
bien lavée, avec des officiers en gants jaunes, ou bien
un grand brick marseillais démarrant au milieu des
cris, des jurons, et à l'arrière un gros capitaine en
redingote et chapeau de soie, commandant la manœuvre
en provençal. Des navires qui s'en allaient en courant,
toutes voiles dehors. D'autres là-bas, bien loin, qui
arrivaient lentement, dans le soleil, comme en l'air.

Et puis tout le temps un tapage effroyable, roulement
de charrettes, « oh! hisse » des matelots, jurons, chants,
sifflets de bateaux à vapeur, les tambours et les clairons
du fort Saint-Jean, du fort Saint-Nicolas, les cloches
de la Major, des Accoules, de Saint-Victor; par là-
dessus le mistral qui prenait tous ces bruits, toutes ces

clameurs, les roulait, les secouait, les confondait avec
sa propre voix et en faisait une musique folle, sauvage,
héroïque comme la grande fanfare du voyage, fanfare
qui donnait envie de partir, d'aller loin, d'avoir des
ailes.

C'est au son de cette belle fanfare que l'intrépide
Tartarin de Tarascon s'embarqua pour le pays des
lions!...

CHEZ LES TEURS

LA TRAVERSÉE. LES CINQ POSITIONS DE LA
CHÉCHIA. LE SOIR DU TROISIÈME JOUR.
MISÉRICORDE

Je voudrais, mes chers lecteurs, être peintre et
grand peintre pour mettre sous vos yeux, en tête de
ce second épisode, les différentes positions que prit
la *chéchia* (bonnet rouge) de Tartarin de Tarascon,
dans ces trois jours de traversée qu'elle fit à bord du
Zouave, entre la France et l'Algérie.

Je vous la montrerais d'abord au départ sur le pont,
héroïque et superbe comme elle était, auréolant cette
belle tête tarasconnaise. Je vous la montrerais ensuite à
la sortie du port, quand le *Zouave* commence à cara-
coler sur les lames : je vous la montrerais frémissante,
étonnée, et comme sentant déjà les premières atteintes
de son mal.

Puis, dans le golfe du Lion, à mesure qu'on avance
au large et que la mer devient plus dure, je vous la
ferais voir aux prises avec la tempête, se dressant effarée
sur le crâne du héros, et son grand flot de laine bleue
qui se hérisse dans la brume de mer et la bourrasque...
Quatrième position. Six heures du soir, en vue des
côtes corses. L'infortunée *chéchia* se penche par-dessus
le bastingage et lamentablement regarde et sonde la
mer... Enfin, cinquième et dernière position, au fond
d'une étroite cabine, dans un petit lit qui a l'air d'un

tiroir de commode, quelque chose d'informe et de
désolé roule en geignant sur l'oreiller. C'est la *chéchia*,
l'héroïque *chéchia* du départ, réduite maintenant au
vulgaire état de casque à mèche et s'enfonçant jusqu'aux
oreilles d'une tête de malade blême et convulsionnée...

Ah! si les Tarasconnais avaient pu voir leur grand
Tartarin couché dans son tiroir de commode sous le
jour blafard et triste qui tombait des hublots, parmi
cette odeur fade de cuisine et de bois mouillé, l'écœu-
rante odeur du paquebot; s'ils l'avaient entendu râler
à chaque battement de l'hélice, demander du thé toutes
les cinq minutes et jurer contre le garçon avec une
petite voix d'enfant, comme ils s'en seraient voulu de
l'avoir obligé à partir... Ma parole d'historien! le
pauvre *Teur* faisait pitié. Surpris tout à coup par le mal,
l'infortuné n'avait pas eu le courage de desserrer sa
ceinture algérienne, ni de se défubler de son arsenal.
Le couteau de chasse à gros manche lui cassait la
poitrine, le cuir de son revolver lui meurtrissait les
jambes. Pour l'achever, les bougonnements de Tartarin-Sancho, qui ne cessait de geindre et de pester :

« Imbécile, va!... Je te l'avais bien dit!... Ah! tu as
voulu aller en Afrique... Eh bien, té! la voilà l'Afrique...
Comment la trouves-tu ? »

Ce qu'il y avait de plus cruel, c'est que du fond de
sa cabine et de ses gémissements, le malheureux entendait les passagers du grand salon rire, manger, chanter,
jouer aux cartes. La société était aussi joyeuse que
nombreuse à bord du *Zouave*. Des officiers qui rejoignaient leurs corps, des dames de l'*Alcazar* de Marseille, des cabotins, un riche musulman qui revenait
de la Mecque, un prince monténégrin très farceur qui
faisait des imitations de Ravel et de Gil Pérès... Pas

un de ces gens-là n'avait le mal de mer, et leur temps se passait à boire du champagne avec le capitaine du *Zouave*, un bon gros vivant de Marseillais, qui avait ménage à Alger et à Marseille, et répondait au joyeux nom de Barbassou.

Tartarin de Tarascon en voulait à tous ces misérables. Leur gaieté redoublait son mal...

Enfin, dans l'après-midi du troisième jour, il se fit à bord du navire un mouvement extraordinaire qui tira notre héros de sa longue torpeur. La cloche de l'avant sonnait. On entendait les grosses bottes des matelots courir sur le pont.

« Machine en avant!... machine en arrière! » criait la voix enrouée du capitaine Barbassou.

Puis : « Machine, stop! » Un grand arrêt, une secousse, et plus rien... Rien que le paquebot se balançant silencieusement de droite à gauche, comme un ballon dans l'air...

Cet étrange silence épouvanta le Tarasconnais.

« Miséricorde! nous sombrons!... » cria-t-il d'une voix terrible, et, retrouvant ses forces par magie, il bondit de sa couchette, et se précipita sur le pont avec son arsenal.

AUX ARMES! AUX ARMES!

On ne sombrait pas, on arrivait.

Le *Zouave* venait d'entrer dans la rade, une belle rade aux eaux noires et profondes, mais silencieuse, morne, presque déserte. En face, sur une colline, Alger-la-Blanche avec ses petites maisons d'un blanc mat qui descendent vers la mer, serrées les unes contre les autres. Un étalage de blanchisseuse sur le coteau de Meudon. Par là-dessus un grand ciel de satin bleu, oh! mais si bleu!...

L'illustre Tartarin, un peu remis de sa frayeur, regardait le paysage, en écoutant avec respect le prince monténégrin, qui, debout à ses côtés, lui nommait les différents quartiers de la ville, la Casbah, la ville haute, la rue Bab-Azoun. Très bien élevé, ce prince monténégrin; de plus, connaissant à fond l'Algérie et parlant l'arabe couramment. Aussi Tartarin se proposait-il de cultiver sa connaissance... Tout à coup, le long du bastingage, contre lequel ils étaient appuyés, le Tarasconnais aperçoit une rangée de grosses mains noires qui se cramponnaient par-dehors. Presque aussitôt une tête de nègre toute crépue apparaît devant lui, et, avant qu'il ait eu le temps d'ouvrir la bouche, le pont se trouve envahi de tous côtés par une centaine de forbans, noirs, jaunes, à moitié nus, hideux, terribles.

Ces forbans-là, Tartarin les connaissait... C'était eux, c'est-à-dire *ils*, ces fameux *ils* qu'il avait si souvent cherchés la nuit dans les rues de Tarascon. Enfin *ils* se décidaient donc à venir.

... D'abord la surprise le cloua sur place. Mais quand il vit les forbans se précipiter sur les bagages, arracher la bâche qui les recouvrait, commencer enfin le pillage du navire, alors le héros se réveilla, et dégainant son couteau de chasse : « Aux armes, aux armes! » cria-t-il aux voyageurs, et le premier de tous, il fondit sur les pirates.

— *Ques aco?* Qu'est-ce qu'il y a? Qu'est-ce que vous avez? fit le capitaine Barbassou qui sortait de l'entrepont.

— Ah! vous voilà, capitaine!... vite, vite, armez vos hommes.

— Hé! pourquoi faire, *boun Diou?*

— Mais vous ne voyez donc pas?...

— Quoi donc?...

— Là... devant vous... les pirates...

Le capitaine Barbassou le regardait tout ahuri. A ce moment, un grand diable de nègre passait devant eux, en courant, avec la pharmacie du héros sur son dos :

— Misérable!... attends-moi!... hurla le Tarasconnais; et il s'élança, la dague en avant.

Barbassou le rattrapa au vol, et, le retenant par sa ceinture :

— Mais restez donc tranquille, tron de ler! Ce ne sont pas des pirates... Il y a longtemps qu'il n'y en a plus de pirates... Ce sont des portefaix.

— Des portefaix!...

— Hé! oui, des portefaix, qui viennent chercher les bagages pour les porter à terre... Rengainez donc votre coutelas, donnez-moi votre billet, et marchez derrière ce nègre, un brave garçon, qui va vous conduire à terre, et même jusqu'à l'hôtel, si vous le désirez!...

Un peu confus, Tartarin donna son billet, et, se mettant à la suite du nègre, descendit par le tire-vieille dans une grosse barque qui dansait le long du navire. Tous ses bagages y étaient déjà, ses malles, caisses d'armes, conserves alimentaires; comme ils tenaient toute la barque, on n'eut pas besoin d'attendre d'autres voyageurs. Le nègre grimpa sur les malles et s'y accroupit comme un singe, les genoux dans ses mains. Un autre nègre prit les rames... Tous deux regardaient Tartarin en riant et montrant leurs dents blanches.

Debout à l'arrière, avec cette terrible moue qui faisait la terreur de ses compatriotes, le grand Tarasconnais tourmentait fièvreusement le manche de son coutelas; car, malgré ce qu'avait pu lui dire Barbassou, il n'était qu'à moitié rassuré sur les intentions de ces portefaix à peau d'ébène, qui ressemblaient si peu aux braves portefaix de Tarascon...

Cinq minutes après, la barque arrivait à terre, et Tartarin posait le pied sur ce petit quai barbaresque, où, trois cents ans auparavant, un galérien espagnol nommé Michel Cervantes préparait — sous le bâton de la chiourme algérienne — un sublime roman qui devait s'appeler *Don Quichotte!*

III

O Michel Cervantes Saavedra, si ce qu'on dit est vrai, qu'aux lieux où les grands hommes ont habité, quelque chose d'eux-mêmes erre et flotte dans l'air jusqu'à la fin des âges, ce qui restait de toi sur la plage barbaresque dut tressaillir de joie en voyant débarquer Tartarin de Tarascon, ce type merveilleux du Français du Midi en qui s'étaient incarnés les deux héros de ton livre, Don Quichotte et Sancho Pança...

L'air était chaud ce jour-là. Sur le quai ruisselant de soleil, cinq ou six douaniers, des Algériens attendant des nouvelles de France, quelques Maures accroupis qui fumaient leurs longues pipes, des matelots maltais ramenant de grands filets où des milliers de sardines luisaient entre les mailles comme de petites pièces d'argent.

Mais à peine Tartarin eut-il mis pied à terre, le quai s'anima, changea d'aspect. Une bande de sauvages, encore plus hideux que les forbans du bateau, se dressa, d'entre les cailloux de la berge et se rua sur le débarquant. Grands Arabes tout nus sous des couvertures de laine, petits Maures en guenilles, Nègres, Tunisiens, Mahonnais, M'zabites, garçons d'hôtel en tablier blanc, tous criant, hurlant, s'accrochant à ses habits, se disputant ses bagages, l'un emportant ses conserves, l'autre sa pharmacie, et, dans un charabia fantastique, lui jetant à la tête des noms d'hôtel invraisemblables...

Etourdi de tout ce tumulte, le pauvre Tartarin allait, venait, pestait, jurait, se démenait, courait après ses bagages, et, ne sachant comment se faire comprendre de ces barbares, les haranguait en français, en provençal, et même en latin, du latin de Pourceaugnac, *rosa*, *la rose*, *bonus*, *bona*, *bonum*, tout ce qu'il savait... Peine perdue. On ne l'écoutait pas... Heureusement qu'un petit homme, vêtu d'une tunique à collet jaune, et armé d'une longue canne de compagnon, intervint comme un dieu d'Homère dans la mêlée, et dispersa toute cette racaille à coups de bâton. C'était un sergent de ville algérien. Très poliment, il engagea Tartarin à descendre à l'hôtel de l'Europe, et le confia à des garçons de l'endroit qui l'emmenèrent, lui et ses bagages, en plusieurs brouettes.

Aux premiers pas qu'il fit dans Alger, Tartarin de Tarascon ouvrit de grands yeux. D'avance, il s'était figuré une ville orientale, féerique, mythologique, quelque chose tenant le milieu entre Constantinople et Zanzibar... Il tombait en plein Tarascon... Des cafés, des restaurants, de larges rues, des maisons à quatre étages, une petite place macadamisée où des musiciens de la ligne jouaient des polkas d'Offenbach, des messieurs sur des chaises buvant de la bière avec des échaudés, des dames, quelques lorettes, et puis des militaires... et pas un *Teur!*... Il n'y avait que lui... Aussi, pour traverser la place, se trouva-t-il un peu gêné. Tout le monde le regardait. Les musiciens de la

ligne s'arrêtèrent, et la polka d'Offenbach resta un
pied en l'air.

Les deux fusils sur l'épaule, le revolver sur la hanche,
farouche et majestueux comme Robinson Crusoé,
Tartarin passa gravement au milieu de tous les groupes ;
mais en arrivant à l'hôtel ses forces l'abandonnèrent.
Le départ de Tarascon, le port de Marseille, la traversée, le prince monténégrin, les pirates, tout se brouillait
et roulait dans sa tête... Il fallut le monter à sa chambre
le désarmer, le déshabiller... Déjà même on parlait
d'envoyer chercher un médecin ; mais, à peine sur
l'oreiller, le héros se mit à ronfler si haut et de si bon
cœur, que l'hôtelier jugea les secours de la science
inutiles, et tout le monde se retira discrètement.

IV

Trois heures sonnaient à l'horloge du Gouvernement, quand Tartarin se réveilla. Il avait dormi toute la soirée, toute la nuit, toute la matinée, et même un bon morceau de l'après-midi; il faut dire aussi que depuis trois jours la *chéchia* en avait vu de rudes!...

La première pensée du héros, en ouvrant les yeux, fut celle-ci : « Je suis dans le pays du lion! » Pourquoi ne pas le dire ? A cette idée que les lions étaient là tout près, à deux pas, et presque sous la main, et qu'il allait falloir en découdre, brr!... un froid mortel le saisit, et il se fourra intrépidement sous sa couverture.

Mais, au bout d'un moment, la gaieté du dehors, le ciel si bleu, le grand soleil qui ruisselait dans la chambre, un bon petit déjeuner qu'il se fit servir au lit, sa fenêtre grande ouverte sur la mer, le tout arrosé d'un excellent flacon de vin de Crescia, lui rendit bien vite son ancien héroïsme. « Au lion! au lion! » cria-t-il en rejetant sa couverture, et il s'habilla prestement.

Voici quel était son plan : sortir de la ville sans rien dire à personne, se jeter en plein désert, attendre la nuit, s'embusquer, et, au premier lion, qui passerait, pan! pan!... Puis revenir le lendemain déjeuner à l'hôtel de l'Europe, recevoir les félicitations des Algériens et fréter une charrette pour aller chercher l'animal.

Il s'arma donc à la hâte, roula sur son dos la tente-abri dont le gros manche montait d'un bon pied au-dessus de sa tête, et raide comme un pieu, descendit dans la rue. Là, ne voulant demander sa route à personne de peur de donner l'éveil sur ses projets, il tourna carrément à droite, enfila jusqu'au bout les arcades Bab-Azoun, où du fond de leurs noires boutiques des nuées de juifs algériens le regardaient passer, embusqués dans un coin comme des araignées; traversa la place du Théâtre, prit le faubourg et enfin la grande route poudreuse de Mustapha.

Il y avait sur cette route un encombrement fantastique. Omnibus, fiacres, corricolos, des fourgons du train, de grandes charrettes de foin traînées par des bœufs, des escadrons de chasseurs d'Afrique, des troupeaux de petits ânes microscopiques, des négresses qui vendaient des galettes, des voitures d'Alsaciens émigrants, des spahis en manteaux rouges, tout cela défilant dans un tourbillon de poussière, au milieu des cris, des chants, des trompettes, entre deux haies de méchantes baraques où l'on voyait de grandes Mahonnaises se peignant devant leurs portes, des cabarets pleins de soldats, des boutiques de bouchers, d'équarrisseurs...

« Qu'est-ce qu'ils me chantent donc avec leur Orient ? pensait le grand Tartarin; il n'y a pas même tant de *Teurs* qu'à Marseille. »

Tout à coup, il vit passer près de lui, allongeant ses grandes jambes et rengorgé comme un dindon, un superbe chameau. Cela lui fit battre le cœur.

Des chameaux déjà! Les lions ne devaient pas être

loin; et, en effet, au bout de cinq minutes, il vit arriver
vers lui, le fusil sur l'épaule, toute une troupe de chasseurs de lions.

« Les lâches! » se dit notre héros en passant à côté
d'eux, « les lâches! Aller au lion par bandes, et avec des
chiens!... » Car il ne se serait jamais imaginé qu'en
Algérie on pût chasser autre chose que des lions. Pourtant ces chasseurs avaient de si bonnes figures de
commerçants retirés, et puis cette façon de chasser le
lion avec des chiens et des carnassières était si patriar-
cale, que le Tarasconnais, un peu intrigué, crut devoir
aborder un de ces messieurs.

— Et autrement, camarade, bonne chasse ?

— Pas mauvaise, répondit l'autre en regardant d'un
œil effaré l'armement considérable du guerrier de
Tarascon.

— Vous avez tué ?

— Mais oui... pas mal... voyez plutôt.

Et le chasseur algérien montrait sa carnassière,
toute gonflée de lapins et de bécasses.

— Comment ça! votre carnassière ?... Vous les
mettez dans votre carnassière ?

— Où voulez-vous donc que je les mette ?

— Mais alors, c'est... c'est des tout petits...

— Des petits et puis des gros, fit le chasseur. Et
comme il était pressé de rentrer chez lui, il rejoignait ses
camarades à grandes enjambées...

L'intrépide Tartarin en resta planté de stupeur au
milieu de la route... Puis, après un moment de réflexion :
« Bah! » se dit-il, « ce sont des blagueurs... Ils n'ont
rien tué du tout... » et il continua son chemin.

Déjà les maisons se faisaient plus rares, les passants
aussi. La nuit tombait, les objets devenaient confus...

Tartarin de Tarascon marcha encore une demi-heure.
A la fin il s'arrêta... C'était tout à fait nuit. Nuit sans
lune, criblée d'étoiles. Personne sur la route... Malgré
tout, le héros pensa que les lions n'étaient pas des diligences et ne devaient pas volontiers suivre le grand
chemin. Il se jeta à travers champs... A chaque pas
des fossés, des ronces, des broussailles. N'importe! il
marchait toujours... Puis tout à coup, halte! « Il y a
du lion dans l'air, par·ici », se dit notre homme, et il
renifla fortement de droite et de gauche.

V

PAN! PAN!

C'était un grand désert sauvage, tout hérissé de plantes bizarres, de ces plantes d'Orient qui ont l'air de bêtes méchantes. Sous le jour discret des étoiles, leur ombre agrandie s'étirait par terre en tous sens. A droite, la masse confuse et lourde d'une montagne, l'Atlas peut-être!... A gauche, la mer invisible, qui roulait sourdement... Un vrai gîte à tenter les fauves.

Un fusil devant lui, un autre dans les mains, Tartarin de Tarascon mit un genou en terre et attendit... Il attendit une heure, deux heures... Rien!...

Alors il se souvint que, dans ses livres, les grands tueurs de lions n'allaient jamais à la chasse sans emmener un petit chevreau qu'ils attachaient à quelques pas devant eux et qu'ils faisaient crier en lui tirant la patte avec une ficelle. N'ayant pas de chevreau, le Tarasconnais eut l'idée d'essayer des imitations, et se mit à bêler d'une voix chevrotante : « Mé! Mé!... »

D'abord très doucement, parce qu'au fond de l'âme il avait tout de même un peu peur que le lion l'entendît... puis, voyant que rien ne venait, il bêla plus fort : « Mê!... Mê!... » Rien encore!... Impatienté, il reprit de plus belle et plusieurs fois de suite : « Mê!... Mê!... Mê!... » avec tant de puissance que ce chevreau finissait par avoir l'air d'un bœuf...

Tout à coup, à quelques pas devant lui, quelque chose de noir et de gigantesque s'abattit. Il se tut... Cela se baissait, flairait la terre, bondissait, se roulait, partait au galop, puis revenait et s'arrêtait net... c'était le lion, à n'en pas douter!... Maintenant on voyait très bien ses quatre pattes courtes, sa formidable encolure, et deux yeux, deux grands yeux qui luisaient dans l'ombre... En joue! feu! pan! pan!... C'était fait. Puis tout de suite un bondissement en arrière, et le coutelas de chasse au poing.

Au coup de feu du Tarasconnais, un hurlement terrible répondit.

« Il en a! » cria le bon Tartarin, et, ramassé sur ses fortes jambes, il se préparait à recevoir la bête; mais elle en avait plus que son compte et s'enfuit au triple galop en hurlant... Lui pourtant ne bougea pas. Il attendait la femelle... toujours comme dans ses livres!

Par malheur la femelle ne vint pas. Au bout de deux ou trois heures d'attente, le Tarasconnais se lassa. La terre était humide, la nuit devenait fraîche, la bise de mer piquait.

« Si je faisais un somme en attendant le jour ? » se dit-il, et, pour éviter les rhumatismes, il eut recours à la tente-abri... Mais voilà le diable! cette tente-abri était d'un système si ingénieux, si ingénieux, qu'il ne put jamais venir à bout de l'ouvrir.

Il eut beau s'escrimer et suer pendant une heure, la damnée tente ne s'ouvrit pas... Il y a des parapluies qui, par des pluies torrentielles, s'amusent à vous jouer de ces tours-là... De guerre lasse, le Tarasconnais jeta l'ustensile par terre, et se coucha dessus, en jurant comme un vrai Provençal qu'il était.

« *Ta, ta, ra, ta Tarata!...* »

— Quès aco ?... fit Tartarin, s'éveillant en sursaut.

C'étaient les clairons des chasseurs d'Afrique qui sonnaient la diane, dans les casernes de Mustapha... Le tueur de lions, stupéfait, se frotta les yeux... Lui qui se croyait en plein désert!... Savez-vous où il était ?... Dans un carré d'artichauts, entre un plant de choux-fleurs et un plant de betteraves.

Son Sahara avait des légumes... Tout près de lui, sur la jolie côte verte de Mustapha supérieur, des villas algériennes, toutes blanches, luisaient dans la rosée du jour levant : on se serait cru aux environs de Marseille, au milieu des *bastides* et des *bastidons*.

La physionomie bourgeoise et potagère de ce paysage endormi étonna beaucoup le pauvre homme, et le mit de fort méchante humeur.

« Ces gens-là sont fous », se disait-il, « de planter leurs artichauts dans le voisinage du lion... car enfin, je n'ai pas rêvé... Les lions viennent jusqu'ici... En voilà la preuve... »

La preuve, c'étaient des taches de sang que la bête en fuyant avait laissées derrière elle. Penché sur cette piste sanglante, l'œil aux aguets, le revolver au poing, le vaillant Tarasconnais arriva, d'artichaut en artichaut, jusqu'à un petit champ d'avoine... De l'herbe foulée, une mare de sang, et, au milieu de la mare, couché sur le flanc avec une large plaie à la tête, un... Devinez quoi!...

« Un lion, parbleu!... »

Non! un âne, un de ces tout petits ânes qui sont si communs en Algérie et qu'on désigne là-bas sous le nom de *bourriquots*.

VI

ARRIVÉE DE LA FEMELLE. TERRIBLE COMBAT.
LE RENDEZ-VOUS DES LAPINS

Le premier mouvement de Tartarin à l'aspect de
sa malheureuse victime fut un mouvement de dépit.
Il y a si loin en effet d'un lion à un *bourriquot!*... Son
second mouvement fut tout à la pitié. Le pauvre bourriquot était si joli; il avait l'air si bon! La peau de
ses flancs, encore chaude, allait et venait comme une
vague. Tartarin s'agenouilla, et du bout de sa ceinture algérienne essaya d'étancher le sang de la malheureuse bête; et ce grand homme soignant ce petit âne,
c'était tout ce que vous pouvez imaginer de plus touchant.

Au contact soyeux de la ceinture, le bourriquot, qui
avait encore pour deux liards de vie, ouvrit son grand
œil gris, remua deux ou trois fois ses longues oreilles
comme pour dire : « Merci!... merci!... » Puis une
dernière convulsion l'agita de tête en queue et il ne
bougea plus.

« Noiraud! Noiraud! » cria tout à coup une voix
étranglée par l'angoisse. En même temps dans un
taillis voisin les branches remuèrent... Tartarin n'eut
que le temps de se relever et de se mettre en garde...
C'était la femelle!

Elle arriva, terrible et rugissante, sous les traits
d'une vieille Alsacienne en marmotte, armée d'un
grand parapluie rouge et réclamant son âne à tous les

échos de Mustapha. Certes il aurait mieux valu pour
Tartarin avoir affaire à une lionne en furie qu'à cette
méchante vieille... Vainement le malheureux essaya
de lui faire entendre comment la chose s'était passée;
qu'il avait pris Noiraud pour un lion... La vieille
crut qu'on voulait se moquer d'elle, et poussant d'éner-
giques « tarteifle! » tomba sur le héros à coups de
parapluie. Tartarin, un peu confus, se défendait de
son mieux, parait les coups avec sa carabine, suait,
soufflait, bondissait, criait : — « Mais madame...
mais madame... »

Va te promener! Madame était sourde, et sa vigueur
le prouvait bien.

Heureusement un troisième personnage arriva sur
le champ de bataille. C'était le mari de l'Alsacienne,
Alsacien lui-même et cabaretier, de plus, fort bon
comptable. Quand il vit à qui il avait affaire, et que
l'assassin ne demandait qu'à payer le prix de la victime, il désarma son épouse et l'on s'entendit.

Tartarin donna deux cents francs; l'âne en valait
bien dix. C'est le prix courant des *bourriquots* sur les
marchés arabes. Puis on enterra le pauvre Noiraud
au pied d'un figuier, et l'Alsacien, mis en bonne
humeur par la couleur des douros tarasconnais, invita
le héros à venir rompre une croûte à son cabaret, qui
se trouvait à quelques pas de là, sur le bord de la grande
route.

Les chasseurs algériens venaient y déjeuner tous
les dimanches, car la plaine était giboyeuse et à deux
lieues autour de la ville il n'y avait pas de meilleur
endroit pour les lapins.

« Et les lions ? » demanda Tartarin.

L'Alsacien le regarda, très étonné :

— Les lions ?

— Oui... les lions... en voyez-vous quelquefois ? reprit le pauvre homme avec un peu moins d'assurance.

Le cabaretier éclata de rire.

— Ah! ben! merci... Des lions... pour quoi faire ?...

— Il n'y en a donc pas en Algérie ?...

— Ma foi! je n'en ai jamais vu... Et pourtant voilà vingt ans que j'habite la province. Cependant je crois bien avoir entendu dire... Il me semble que les journaux... Mais c'est beaucoup plus loin, là-bas, dans le Sud...

A ce moment, ils arrivaient au cabaret. Un cabaret de banlieue, comme on en voit à Vanves ou à Pantin, avec un rameau tout fané au-dessus de la porte, des queues de billard peintes sur les murs et cette enseigne inoffensive :

AU RENDEZ-VOUS DES LAPINS

Le Rendez-vous des Lapins!... O Bravida, quel souvenir!

VII

HISTOIRE D'UN OMNIBUS, D'UNE MAURESQUE ET
D'UN CHAPELET DE FLEURS DE JASMIN

Cette première aventure aurait eu de quoi décourager bien des gens; mais les hommes trempés comme Tartarin ne se laissent pas facilement abattre.

« Les lions sont dans le Sud », pensa le héros; « eh bien! j'irai dans le Sud. »

Et dès qu'il eut avalé son dernier morceau, il se leva, remercia son hôte, embrassa la vieille sans rancune, versa une dernière larme sur l'infortuné Noiraud, et retourna bien vite à Alger avec la ferme intention de boucler ses malles et de partir le jour même pour le Sud.

Malheureusement la grande route de Mustapha semblait s'être allongée depuis la veille : il faisait un soleil, une poussière! La tente-abri était d'un lourd!.. Tartarin ne se sentit pas le courage d'aller à pied jusqu'à la ville, et le premier omnibus qui passa, il fit signe et monta dedans...

Ah! pauvre Tartarin de Tarascon! Combien il aurait mieux fait pour son nom, pour sa gloire, de ne pas entrer dans cette fatale guimbarde et de continuer pédestrement sa route, au risque de tomber asphyxié sous le poids de l'atmosphère, de la tente-abri et de ses lourds fusils rayés à doubles canons...

Tartarin étant monté, l'omnibus fut complet. Il y avait au fond, le nez dans son bréviaire, un vicaire d'Alger à grande barbe noire. En face, un jeune marchand maure, qui fumait de grosses cigarettes. Puis, un matelot maltais, et quatre ou cinq Mauresques masquées de linges blancs, et dont on ne pouvait voir que les yeux. Ces dames venaient de faire leurs dévotions au cimetière d'Abd-el-Kader; mais cette vision funèbre ne semblait pas les avoir attristées. On les entendait rire et jacasser entre elles sous leurs masques, en croquant des pâtisseries.

Tartarin crut s'apercevoir qu'elles le regardaient beaucoup. Une surtout, celle qui était assise en face de lui, avait planté son regard dans le sien, et ne le retira pas de toute la route. Quoique la dame fût voilée, la vivacité de ce grand œil noir allongé par le khol, un poignet délicieux et fin chargé de bracelets d'or qu'on entrevoyait de temps en temps entre les voiles, tout, le son de la voix, les mouvements gracieux, presque enfantins de la tête, disait qu'il y avait là-dessous quelque chose de jeune, de joli, d'adorable... Le malheureux Tartarin ne savait où se fourrer. La caresse muette de ces beaux yeux d'Orient le troublait, l'agitait, le faisait mourir; il avait chaud, il avait froid...

Pour l'achever, la pantoufle de la dame s'en mêla : sur ses grosses bottes de chasse, il la sentait courir, cette mignonne pantoufle, courir et frétiller comme une petite souris rouge... Que faire ? Répondre à ce regard, à cette pression! Oui, mais les conséquences... Une intrigue d'amour en Orient, c'est quelque chose de terrible!... Et avec son imagination romanesque et méridionale, le brave Tarasconnais se voyait déjà tombant aux mains des eunuques, décapité, mieux

que cela peut-être, cousu dans un sac de cuir, et roulant sur la mer, sa tête à côté de lui. Cela le refroidis-
sait un peu... En attendant, la petite pantoufle continuait son manège, et les yeux d'en face s'ouvraient tout
grands vers lui comme deux fleurs de velours noir, en
ayant l'air de dire :

— Cueille-nous!...

L'omnibus s'arrêta. On était sur la place du Théâtre,
à l'entrée de la rue Bab-Azoun. Une à une, empêtrées
dans leurs grands pantalons et serrant leurs voiles
contre elles avec une grâce sauvage, les Mauresques
descendirent. La voisine de Tartarin se leva la dernière, et en se levant son visage passa si près de celui
du héros qu'il l'effleura de son haleine, un vrai bouquet de jeunesse, de jasmin, de musc et de pâtisserie.

Le Tarasconnais n'y résista pas. Ivre d'amour et
prêt à tout, il s'élança derrière la Mauresque... Au
bruit de ses buffleteries, elle se retourna, mit un doigt
sur son masque comme pour dire « chut! » et vivement,
de l'autre main, elle lui jeta un petit chapelet parfumé
fait avec des fleurs de jasmin. Tartarin de Tarascon
se baissa pour le ramasser; mais, comme notre héros
était un peu lourd et très chargé d'armures, l'opéra-
tion fut assez longue...

Quand il se releva, le chapelet de jasmin sur son
cœur, — la Mauresque avait disparu.

VIII

LIONS DE L'ATLAS, DORMEZ!

Lions de l'Atlas, dormez! Dormez tranquilles au fond de vos retraites, dans les aloès et les cactus sauvages... De quelques jours encore, Tartarin de Tarascon ne vous massacrera point. Pour le moment, tout son attirail de guerre, — caisse d'armes, pharmacie, tente-abri, conserves alimentaires, — repose paisiblement emballé, à l'hôtel d'Europe dans un coin de la chambre 36.

Dormez sans peur, grands lions roux! Le Tarasconnais cherche sa Mauresque. Depuis l'histoire de l'omnibus, le malheureux croit sentir perpétuellement sur son pied, sur son vaste pied de trappeur, les frétillements de la petite souris rouge; et la brise de mer, en effleurant ses lèvres, se parfume toujours — quoi qu'il fasse — d'une amoureuse odeur de pâtisserie et d'anis.

Il lui faut sa Maugrabine!

Mais ce n'est pas une mince affaire! Retrouver dans une ville de cent mille âmes une personne dont on ne connaît que l'haleine, les pantoufles et la couleur des yeux; il n'y a qu'un Tarasconnais, féru d'amour, capable de tenter une pareille aventure.

Le terrible c'est que, sous leurs grands masques

blancs, toutes les Mauresques se ressemblent; puis ces dames ne sortent guère, et, quand on veut en voir, il faut monter dans la ville haute, la ville arabe, la ville des *Teurs*.

Un vrai coupe-gorge, cette ville haute. De petites ruelles noires très étroites, grimpant à pic entre deux rangées de maisons mystérieuses dont les toitures se rejoignent et font tunnel. Des portes basses, des fenêtres toutes petites, muettes, tristes, grillagées. Et puis, de droite et de gauche un tas d'échoppes très sombres où les *Teurs* farouches à têtes de forbans — yeux blancs et dents brillantes — fument de longues pipes, et se parlent à voix basse comme pour concerter de mauvais coups.

Dire que notre Tartarin traversait sans émotion cette cité formidable, ce serait mentir. Il était au contraire très ému, et dans ces ruelles obscures, dont son gros ventre tenait toute la largeur, le brave homme n'avançait qu'avec la plus grande précaution, l'œil aux aguets, le doigt sur la détente d'un revolver. Tout à fait comme à Tarascon, en allant au cercle. A chaque instant il s'attendait à recevoir sur le dos toute une dégringolade d'eunuques et de janissaires, mais le désir de revoir sa dame lui donnait une audace et une force de géant.

Huit jours durant, l'intrépide Tartarin ne quitta pas la ville haute. Tantôt on le voyait faire le pied de grue devant les bains maures, attendant l'heure où ces dames sortent par bandes, frissonnantes et sentant le bain; tantôt il apparaissait accroupi à la porte des mosquées, suant et soufflant pour quitter ses grosses bottes avant d'entrer dans le sanctuaire...

Parfois, à la tombée de la nuit, quand il s'en revenait navré de n'avoir rien découvert, pas plus au bain qu'à la mosquée, le Tarasconnais, en passant devant les maisons mauresques, entendait des chants monotones, des sons étouffés de guitare, des roulements de tambours de basque, et des petits rires de femme qui lui faisaient battre le cœur.

« Elle est peut-être là! » se disait-il.

Alors, si la rue était déserte, il s'approchait d'une de ces maisons, levait le lourd marteau de la poterne basse, et frappait timidement... Aussitôt les chants, les rires cessaient. On n'entendait plus derrière la muraille que de petits chuchotements vagues, comme dans une volière endormie.

« Tenons-nous bien! » pensait le héros. « Il va m'arriver quelque chose! »

Ce qui lui arrivait le plus souvent, c'était une grande potée d'eau froide sur la tête, ou bien des peaux d'oranges et de figues de Barbarie... Jamais rien de plus grave...

Lions de l'Atlas, dormez!

LE PRINCE GRÉGORY DU MONTÉNÉGRO

Il y avait deux grandes semaines que l'infortuné Tartarin cherchait sa dame algérienne, et très vraisemblablement il la chercherait encore, si la Providence des amants n'était venue à son aide sous les traits d'un gentilhomme monténégrin. Voici :

En hiver, toutes les nuits de samedi, le grand théâtre d'Alger donne son bal masqué, ni plus ni moins que l'Opéra. C'est l'éternel et insipide bal masqué de province. Peu de monde dans la salle, quelques épaves de Bullier ou du Casino, vierges folles suivant l'armée, chicards fanés, débardeurs en déroute, et cinq ou six petites blanchisseuses mahonnaises qui se lancent, mais gardent de leur temps de vertu un vague parfum d'ail et de sauces safranées. Le vrai coup d'œil n'est pas là. Il est au foyer, transformé pour la circonstance en salon de jeu... Une foule fiévreuse et bariolée s'y bouscule, autour des longs tapis verts : des turcos en permission misant les gros sous du prêt, des Maures marchands de la ville haute, des nègres, des Maltais, des colons de l'intérieur qui ont fait quarante lieues pour venir hasarder sur un as l'argent d'une charrue ou d'une couple de bœufs... tous frémissants, pâles, les dents serrées, avec ce regard

singulier du joueur, trouble, en biseau, devenu louche
à force de fixer toujours la même carte.

Plus loin, ce sont des tribus de juifs algériens, jouant
en famille. Les hommes ont le costume oriental hideu-
sement agrémenté de bas bleus et de casquettes de
velours. Les femmes, bouffies et blafardes, se tiennent
toutes raides dans leurs étroits plastrons d'or... Grou-
pée autour des tables, toute la tribu piaille, se
concerte, compte sur ses doigts et joue peu. De temps
en temps seulement, après de longs conciliabules, un
vieux patriarche à barbe de Père éternel se détache et
va risquer le douro familial... C'est alors, tant que la
partie dure, un scintillement d'yeux hébraïques tournés vers la table, terribles yeux d'aimant noir qui font
frétiller les pièces d'or sur le tapis et finissent par
les attirer tout doucement comme par un fil...

Puis des querelles, des batailles, des jurons de tous
les pays, des cris fous dans toutes les langues, des couteaux qu'on dégaine, la garde qui monte, de l'argent
qui manque!...

C'est au milieu de ces saturnales que le grand Tartarin était venu s'égarer un soir pour chercher l'oubli
et la paix du cœur.

Le héros s'en allait seul, dans la foule, pensant à
sa Mauresque, quand parmi les cris, tout à coup, à
une table de jeu, par-dessus le bruit de l'or, deux voix
irritées s'élevèrent :

— Je vous dis qu'il me manque vingt francs,
M'sieu!...

— M'sieu!...

— Après ?... M'sieu!...

— Apprenez à qui vous parlez, M'sieu!

— Je ne demande pas mieux, M'sieu!

— Je suis le prince Grégory du Monténégro,
M'sieu!...

A ce nom Tartarin, tout ému, fendit la foule et vint
se placer au premier rang, joyeux et fier de retrouver
son prince, ce prince monténégrin si poli dont il avait
ébauché la connaissance à bord du paquebot...

Malheureusement, ce titre d'altesse, qui avait tant
ébloui le bon Tarasconnais, ne produisit pas la moindre
impression sur l'officier de chasseurs avec qui le prince
avait son algarade.

— Me voilà bien avancé... fit le militaire en rica-
nant; puis se tournant vers la galerie : Grégory du
Monténégro... qui connaît ça ?... Personne!

Tartarin indigné fit un pas en avant.

— Pardon... je connais le *prëïnce!* dit-il d'une voix
très ferme, et de son plus bel accent tarasconnais.

L'officier de chasseurs le regarda un moment bien
en face, puis levant les épaules :

— « Allons! c'est bon... Partagez-vous les vingt
francs qui manquent et qu'il n'en soit plus question. »
Là-dessus il tourna le dos et se perdit dans la
foule.

Le fougueux Tartarin voulait s'élancer derrière
lui, mais le prince l'en empêcha :

— Laissez... j'en fais mon affaire.

Et, prenant le Tarasconnais par le bras, il l'entraîna
dehors rapidement.

Dès qu'ils furent sur la place, le prince Grégory
du Monténégro se découvrit, tendit la main à notre
héros, et, se rappelant vaguement son nom, commença
d'une voix vibrante :

— Monsieur Barbarin...

— Tartarin! souffla l'autre timidement.

— Tartarin, Barbarin, n'importe! Entre nous, maintenant, c'est à la vie, à la mort!

Et le noble Monténégrin lui secoua la main avec
une farouche énergie... Vous pensez si le Tarasconnais était fier.

— *Prëïnce! Prëïnce!...* répétait-il avec ivresse.

Un quart d'heure après, ces deux messieurs étaient
installés au restaurant des Platanes, agréable maison
de nuit dont les terrasses plongent sur la mer, et là,
devant une forte salade russe arrosée d'un joli vin de
Crescia, on renoua connaissance.

Vous ne pouvez rien imaginer de plus séduisant que
ce prince monténégrin. Mince, fin, les cheveux crépus,
frisé au petit fer, rasé à la pierre ponce, constellé
d'ordres bizarres, il avait l'œil futé, le geste câlin et
un accent vaguement italien qui lui donnait un faux
air de Mazarin sans moustaches; très ferré d'ailleurs
sur les langues latines, et citant à tout propos Tacite,
Horace et les *Commentaires*.

De vieille race héréditaire, ses frères l'avaient, paraît-
il, exilé dès l'âge de dix ans, à cause de ses opinions
libérales, et depuis il courait le monde pour son ins-
truction et son plaisir, en Altesse philosophe... Coïn-
cidence singulière! Le prince avait passé trois ans à
Tarascon, et comme Tartarin s'étonnait de ne l'avoir
jamais rencontré au cercle ou sur l'Esplanade : « Je
sortais peu... » fit l'Altesse d'un ton évasif. Et le Tarasconnais, par discrétion, n'osa pas en demander davantage. Toutes ces grandes existences ont des côtés si
mystérieux!...

En fin de compte, un très bon prince, ce seigneur
Grégory. Tout en sirotant le vin rosé de Crescia, il
écouta patiemmment Tartarin lui parler de sa Mau-

resque et même il se fit fort, connaissant toutes ces dames, de la retrouver promptement.

On but sec et longtemps. On trinqua « aux dames d'Alger! au Monténégro libre!... »

Dehors, sous la terrasse, la mer roulait et les vagues, dans l'ombre, battaient la rive avec un bruit de draps mouillés qu'on secoue. L'air était chaud, le ciel plein d'étoiles.

Dans les platanes, un rossignol chantait...

Ce fut Tartarin qui paya la note.

resque le titre de 3 en lui. Il est, comme l'avait indiqué ce... danse, de la longueur impos...

O... sujet à la nation. On imagine aisément... ... difficilement un ... d'une signification ...

... L'auteur ... ... en laisse ... ...part ... ... il n'a ... la fable avec qui ... lui a imagé... ... .

... ... jus... le ...

X

DIS-MOI LE NOM DE TON PÈRE, ET JE TE DIRAI
LE NOM DE CETTE FLEUR

Parlez-moi des princes monténégrins pour lever les-
tement la caille.

Le lendemain de cette soirée aux Platanes, dès le
petit jour, le prince Grégory était dans la chambre du
Tarasconnais.

— Vite, vite, habillez-vous... Votre Mauresque est
retrouvée... Elle s'appelle Baïa... Vingt ans, jolie comme
un cœur, et déjà veuve...

— Veuve!... quelle chance! fit joyeusement le brave
Tartarin, qui se méfiait des maris d'Orient.

— Oui, mais très surveillée par son frère.

— Ah! diantre!...

— Un Maure farouche qui vend des pipes au bazar
d'Orléans...

Ici un silence.

— Bon! reprit le prince, vous n'êtes pas homme à
vous effrayer pour si peu; et puis on viendra peut-être
à bout de ce forban en lui achetant quelques pipes...
Allons vite, habillez-vous... heureux coquin!

Pâle, ému, le cœur plein d'amour, le Tarasconnais
sauta de son lit et, boutonnant à la hâte son vaste
caleçon de flanelle :

— Qu'est-ce qu'il faut que je fasse ?

— Ecrire à la dame tout simplement, et lui demander un rendez-vous!

— Elle sait donc le français?... fit d'un air désap-
pointé le naïf Tartarin qui rêvait d'Orient sans
mélange.

— Elle n'en sait pas un mot, répondit le prince
imperturbablement... mais vous allez me dicter la
lettre, et je traduirai à mesure.

— O prince, que de bontés!

Et le Tarasconnais se mit à marcher à grands pas
dans la chambre, silencieux et se recueillant.

Vous pensez qu'on n'écrit pas à une Mauresque
d'Alger comme à une grisette de Beaucaire. Fort heureusement que notre héros avait par devers lui ses
nombreuses lectures qui lui permirent, en amalga-
mant la rhétorique apache des Indiens de Gustave Aimard avec le *Voyage en Orient* de Lamartine,
et quelques lointaines réminiscences du *Cantique des
cantiques*, de composer la lettre la plus orientale qu'il
se pût voir. Cela commençait par :

« *Comme l'autruche dans les sables...* »

Et finissait par :

« *Dis-moi le nom de ton père, et je te dirai le nom de
cette fleur...* »

A cet envoi, le romanesque Tartarin aurait bien
voulu joindre un bouquet de fleurs emblématiques, à
la mode orientale; mais le prince Grégory pensa qu'il
valait mieux acheter quelques pipes chez le frère, ce
qui ne manquerait pas d'adoucir l'humeur sauvage du
monsieur et ferait certainement très grand plaisir à la
dame, qui fumait beaucoup.

— Allons vite acheter des pipes! fit Tartarin plein
d'ardeur.

— Non!... non!... Laissez-moi y aller seul. Je les aurai à meilleur compte...

— « Comment! vous voulez... O prince... prince... » Et le brave homme, tout confus, tendit sa bourse à l'obligeant Monténégrin, en lui recommandant de ne rien négliger pour que la dame fût contente.

Malheureusement l'affaire — quoique bien lancée — ne marcha pas aussi vite qu'on aurait pu l'espérer. Très touchée, paraît-il, de l'éloquence de Tartarin et du reste aux trois quarts séduite par avance, la Mauresque n'aurait pas mieux demandé que de le recevoir; mais le frère avait des scrupules, et, pour les endormir, il fallut acheter des douzaines, des grosses, des cargaisons de pipes...

« Qu'est-ce que diable Baïa peut faire de toutes ces pipes ? » se demandait parfois le pauvre Tartarin; — mais il paya quand même et sans lésiner.

Enfin, après avoir acheté des montagnes de pipes et répandu des flots de poésie orientale, on obtint un rendez-vous.

Je n'ai pas besoin de vous dire avec quels battements de cœur le Tarasconnais s'y prépara, avec quel soin ému il tailla, lustra, parfuma sa rude barbe de chasseur de casquettes, sans oublier — car il faut tout prévoir — de glisser dans sa poche un casse-tête à pointes et deux ou trois revolvers.

Le prince, toujours obligeant, vint à ce premier rendez-vous en qualité d'interprète. La dame habitait dans le haut de la ville. Devant sa porte, un jeune Maure de treize à quatorze ans fumait des cigarettes. C'était le fameux Ali, le frère en question. En voyant arriver les deux visiteurs, il frappa deux coups à la poterne et se retira discrètement.

La porte s'ouvrit. Une négresse parut qui, sans dire un seul mot, conduisit ces messieurs à travers l'étroite cour intérieure dans une petite chambre fraîche où la dame attendait, accoudée sur un lit bas... Au premier abord, elle parut au Tarasconnais plus petite et plus forte que la Mauresque de l'omnibus... Au fait, était-ce bien la même ? Mais ce soupçon ne fit que traverser le cerveau de Tartarin comme un éclair.

La dame était si jolie ainsi avec ses pieds nus, ses doigts grassouillets chargés de bagues, rose, fine, et sous son corselet de drap doré, sous les ramages de sa robe à fleurs laissant deviner une aimable personne un peu boulotte, friande à point, et ronde de partout... Le tuyau d'ambre d'un narghilé fumait à ses lèvres et l'enveloppait toute d'une gloire de fumée blonde.

En entrant, le Tarasconnais posa une main sur son cœur, et s'inclina le plus mauresquement possible, en roulant de gros yeux passionnés... Baïa le regarda un moment sans rien dire; puis, lâchant son tuyau d'ambre, se renversa en arrière, cacha sa tête dans ses mains, et l'on ne vit plus que son cou blanc qu'un fou rire faisait danser comme un sac rempli de perles.

XI

SIDI TART'RI BEN TART'RI

Si vous entriez, un soir, à la veillée, chez les cafe-
tiers algériens de la ville haute, vous entendriez encore
aujourd'hui les Maures causer entre eux, avec des
clignements d'yeux et de petits rires, d'un certain
Sidi Tart'ri ben Tart'ri, Européen aimable et riche
qui — voici quelques années déjà — vivait dans les
hauts quartiers avec une petite dame du cru appelée
Baïa.

Le Sidi Tart'ri en question qui a laissé de si gais
souvenirs autour de la Casbah n'est autre, on le
devine, que notre Tartarin...

Qu'est-ce que vous voulez ? Il y a comme cela,
dans la vie des saints et des héros, des heures d'aveu-
glement, de trouble, de défaillance. L'illustre Tarasconnais n'en fut pas plus exempt qu'un autre, et
c'est pourquoi — deux mois durant — oublieux des
lions et de la gloire, il se grisa d'amour oriental et
s'endormit, comme Annibal à Capoue, dans les délices
d'Alger-la-Blanche.

Le brave homme avait loué au cœur de la ville
arabe une jolie maisonnette indigène avec cour intérieure, bananiers, galeries fraîches et fontaines. Il
vivait là loin de tout bruit en compagnie de sa Mau-

resque, Maure lui-même de la tête aux pieds, soufflant tout le jour dans son narghilé, et mangeant des confitures au musc.

Etendue sur un divan en face de lui, Baïa, la guitare au poing, nasillait des airs monotones, ou bien pour distraire son seigneur elle mimait la danse du ventre, en tenant à la main un petit miroir dans lequel elle mirait ses dents blanches et se faisait des mines.

Comme la dame ne savait pas un mot de français ni Tartarin un mot d'arabe, la conversation languissait quelquefois, et le bavard Tarasconnais avait tout le temps de faire pénitence pour les intempérances de langage dont il s'était rendu coupable à la pharmacie Bézuquet ou chez l'armurier Costecalde.

Mais cette pénitence même ne manquait pas de charme, et c'était comme un spleen voluptueux qu'il éprouvait à rester là tout le jour sans parler, en écoutant le glouglou du narghilé, le frôlement de la guitare et le bruit léger de la fontaine dans les mosaïques de la cour.

Le narghilé, le bain, l'amour remplissaient toute sa vie. On sortait peu. Quelquefois Sidi Tart'ri, sa dame en croupe, s'en allait sur une brave mule manger des grenades à un petit jardin qu'il avait acheté aux environs... Mais jamais, au grand jamais, il ne descendait dans la ville européenne. Avec ses zouaves en ribote, ses alcazars bourrés d'officiers, et son éternel bruit de sabres traînant sous les arcades, cet Alger-là lui semblait insupportable et laid comme un corps de garde d'Occident.

En somme, le Tarasconnais était très heureux. Tartarin-Sancho surtout, très friand de pâtisseries turques, se déclarait on ne peut plus satisfait de sa nouvelle existence... Tartarin-Quichotte, lui, avait bien par-ci par-là quelques remords, en pensant à Tarascon et aux peaux promises... Mais cela ne durait pas, et pour chasser ses tristes idées il suffisait d'un regard de Baïa ou d'une cuillerée de ces diaboliques confitures odorantes et troublantes comme les breuvages de Circé.

Le soir, le prince Grégory venait parler un peu du Monténégro libre... D'une complaisance infatigable, cet aimable seigneur remplissait dans la maison les fonctions d'interprète, au besoin même celles d'intendant, et tout cela pour rien, pour le plaisir... A part lui, Tartarin ne recevait que des *Teurs*. Tous ces forbans à têtes farouches, qui naguère lui faisaient tant de peur du fond de leurs noires échoppes, se trouvèrent être, une fois qu'il les connut, de bons commerçants inoffensifs, des brodeurs, des marchands d'épices, des tourneurs de tuyaux de pipes, tous gens bien élevés, humbles, finauds, discrets et de première force à la bouillotte. Quatre ou cinq fois par semaine, ces messieurs venaient passer la soirée chez Sidi Tart'ri, lui gagnaient son argent, lui mangeaient ses confitures, et sur le coup de dix heures se retiraient discrètement en remerciant le Prophète.

Derrière eux, Sidi Tart'ri et sa fidèle épouse finissaient la soirée sur la terrasse, une grande terrasse blanche qui faisait toit à la maison et dominait la ville. Tout autour, un millier d'autres terrasses blanches aussi, tranquilles sous le clair de lune, descendaient en s'échelonnant jusqu'à la mer. Des fredons de guitare arrivaient, portés par la brise.

... Soudain, comme un bouquet d'étoiles, une grande mélodie claire s'égrenait doucement dans le ciel, et, sur le minaret de la mosquée voisine, un beau muezzin apparaissait, découpant son ombre blanche dans le bleu profond de la nuit, et chantant la gloire d'Allah avec une voix merveilleuse qui remplissait l'horizon.

Aussitôt Baïa lâchait sa guitare, et ses grands yeux tournés vers le muezzin semblaient boire la prière avec délices. Tant que le chant durait, elle restait là, frissonnante, extasiée, comme une sainte Thérèse d'Orient... Tartarin, tout ému, la regardait prier et pensait en lui-même que c'était une forte et belle religion, celle qui pouvait causer des ivresses de foi pareilles.

Tarascon, voile-toi la face! ton Tartarin songeait à se faire renégat.

XII

Par une belle après-midi de ciel bleu et de brise tiède, Sidi Tart'ri à califourchon sur sa mule revenait tout seulet de son petit clos... Les jambes écartées par de larges coussins en sparterie que gonflaient les cédrats et les pastèques, bercé au bruit de ses grands étriers et suivant de tout son corps le *balin-balan* de la tête, le brave homme s'en allait ainsi dans un paysage adorable, les deux mains croisées sur son ventre, aux trois quarts assoupi par le bien-être et la chaleur.

Tout à coup, en entrant dans la ville, un appel formidable le réveilla.

— Hé! monstre de sort! on dirait monsieur Tartarin.

A ce nom de Tartarin, à cet accent joyeusement méridional, le Tarasconnais leva la tête et aperçut à deux pas de lui la brave figure tannée de maître Barbassou, le capitaine du *Zouave*, qui prenait l'absinthe en fumant sa pipe sur la porte d'un petit café.

— Hé! adieu Barbassou, fit Tartarin en arrêtant sa mule.

Au lieu de lui répondre, Barbassou le regarda un moment avec de grands yeux; puis le voilà parti à rire, à rire tellement, que Sidi Tart'ri en resta tout interloqué, le derrière sur ses pastèques.

— Qué turban, mon pauvre monsieur Tartarin!...
C'est donc vrai ce qu'on dit, que vous vous êtes fait
Teur ?... Et la petite Baïa, est-ce qu'elle chante tou-
jours *Marco la Belle* ?

— *Marco la Belle!* fit Tartarin indigné... Apprenez,
capitaine, que la personne dont vous parlez est une
honnête fille maure, et qu'elle ne sait pas un mot de
français.

— Baïa, pas un mot de français ?... D'où sortez-
vous donc ?...

Et le brave capitaine se remit à rire plus fort.

Puis voyant la mine du pauvre Sidi Tart'ri qui s'al-
longeait, il se ravisa.

— Au fait, ce n'est peut-être pas la même... Met-
tons que j'ai confondu... Seulement, voyez-vous,
monsieur Tartarin, vous ferez tout de même bien de
vous méfier des Mauresques algériennes et des princes
du Monténégro!...

Tartarin se dressa sur ses étriers en faisant sa moue.

— Le prince est mon ami, capitaine.

— Bon! bon! ne nous fâchons pas... Vous ne prenez pas une absinthe ? Non. Rien à faire dire au
pays ?... Non plus... Eh bien! alors, bon voyage... A
propos, collègue, j'ai là du bon tabac de France, si
vous en vouliez emporter quelques pipes... Prenez
donc! prenez donc! ça vous fera du bien... Ce sont vos
sacrés tabacs d'Orient qui vous barbouillent les idées.

Là-dessus le capitaine retourna à son absinthe et
Tartarin, tout pensif, reprit au petit trot le chemin de
sa maisonnette... Bien que sa grande âme se refusât
à rien en croire, les insinuations de Barbassou l'avaient
attristé, puis ces jurons du cru, l'accent de là-bas,
tout cela éveillait en lui de vagues remords.

Au logis, il ne trouva personne. Baïa était au bain...
La négresse lui parut laide, la maison triste... En
proie à une indéfinissable mélancolie, il vint s'asseoir
près de la fontaine et bourra une pipe avec le tabac de
Barbassou. Ce tabac était enveloppé dans un frag-
ment du *Sémaphore*. En le déployant, le nom de sa
ville natale lui sauta aux yeux.

On nous écrit de Tarascon :

« La ville est dans les transes. Tartarin, le tueur de lions, parti
« pour chasser les grands félins en Afrique, n'a pas donné de ses
« nouvelles depuis plusieurs mois... Qu'est devenu notre héroïque
« compatriote ?... On ose à peine se le demander, quand on a
« connu comme nous cette tête ardente, cette audace, ce besoin
« d'aventures... A-t-il été comme tant d'autres englouti dans le
« sable, ou bien est-il tombé sous la dent meurtrière d'un de ces
« monstres de l'Atlas dont il avait promis les peaux à la munici-
« palité ?... Terrible incertitude! Pourtant des marchands nègres,
« venus à la foire de Beaucaire, prétendent avoir rencontré en
« plein désert un Européen dont le signalement se rapportait
« au sien, et qui se dirigeait vers Tombouctou... Dieu nous
« garde notre Tartarin! »

Quand il lut cela, le Tarasconnais rougit, pâlit,
frissonna. Tout Tarascon lui apparut : le cercle, les
chasseurs de casquettes, le fauteuil vert chez Costecalde, et, planant au-dessus comme un aigle éployé, la
formidable moustache du brave commandant Bravida.

Alors, de se voir là, comme il était, lâchement
accroupi sur sa natte, tandis qu'on le croyait en train
de massacrer des fauves, Tartarin de Tarascon eut
honte de lui-même et pleura.

Tout à coup le héros bondit :

« Au lion! au lion! »

Et s'élançant dans le réduit poudreux où dormaient

la tente-abri, la pharmacie, les conserves, la caisse d'armes, il les traîna au milieu de la cour.

Tartarin-Sancho venait d'expirer; il ne restait plus que Tartarin-Quichotte.

Le temps d'inspecter son matériel, de s'armer, de se harnacher, de rechausser ses grandes bottes, d'écrire deux mots au prince pour lui confier Baïa, le temps de glisser sous l'enveloppe quelques billets bleus mouillés de larmes, et l'intrépide Tarasconnais roulait en diligence sur la route de Blidah, laissant à la maison sa négresse stupéfaite devant le narghilé, le turban, les babouches, toute la défroque musulmane de Sidi Tart'ri qui traînait piteusement sous les petits trèfles blancs de la galerie...

CHEZ LES LIONS

I

LES DILIGENCES DÉPORTÉES

C'était une vieille diligence d'autrefois, capitonnée à l'ancienne mode de drap gros bleu tout fané, avec ces énormes pompons de laine rêche qui, après quelques heures de route, finissent par vous faire des moxas dans le dos... Tartarin de Tarascon avait un coin de la rotonde; il s'y installa de son mieux, et en attendant de respirer les émanations musquées des grands félins d'Afrique, le héros dut se contenter de cette bonne vieille odeur de diligence, bizarrement composée de mille odeurs, hommes, chevaux, femmes et cuir, victuailles et paille moisie.

Il y avait de tout un peu dans cette rotonde. Un trappiste, des marchands juifs, deux cocottes qui rejoignaient leur corps — le 3e hussards — un photographe d'Orléansville... Mais, si charmante et variée que fut la compagnie, le Tarasconnais n'était pas en train de causer et resta là tout pensif, le bras passé dans la brassière, avec ses carabines entre ses genoux... Son départ précipité, les yeux noirs de Baïa, la terrible chasse qu'il allait entreprendre, tout cela lui troublait la cervelle, sans compter qu'avec son bon air patriarcal, cette diligence européenne, retrouvée en pleine Afrique, lui rappelait vaguement le Tarascon de sa jeunesse,

des courses dans la banlieue, de petits dîners au bord
du Rhône, une foule de souvenirs...

Peu à peu la nuit tomba. Le conducteur alluma ses
lanternes... La diligence rouillée sautait en criant sur
ses vieux ressorts; les chevaux trottaient, les grelots
tintaient... De temps en temps, là-haut, sous la bâche
de l'impériale, un terrible bruit de ferraille... C'était
le matériel de guerre.

Tartarin de Tarascon, aux trois quarts assoupi,
resta un moment à regarder les voyageurs comique-
ment secoués par les cahots, et dansant devant lui
comme des ombres falotes, puis ses yeux s'obscur-
cirent, sa pensée se voila, et il n'entendit plus que très
vaguement geindre l'essieu des roues, et les flancs de
la diligence qui se plaignaient...

Subitement, une voix, une voix de vieille fée,
enrouée, cassée, fêlée, appela le Tarasconnais par son
nom :

— Monsieur Tartarin! monsieur Tartarin!

— Qui m'appelle ?

— C'est moi, monsieur Tartarin; vous ne me recon-
naissez pas ?... Je suis la vieille diligence qui faisait
— il y a vingt ans — le service de Tarascon à Nîmes...
Que de fois je vous ai portés, vous et vos amis, quand
vous alliez chasser les casquettes du côté de Jon-
quières ou de Bellegarde!... Je ne vous ai pas remis
d'abord, à cause de votre bonnet de *Teur* et du corps
que vous avez pris; mais sitôt que vous vous êtes
mis à rouler, coquin de bon sort! je vous ai reconnu
tout de suite.

— C'est bon! c'est bon! fit le Tarasconnais un peu
vexé.

Puis, se radoucissant :

— Mais enfin, ma pauvre vieille, qu'est-ce que vous êtes venue faire ici ?

— Ah! mon bon monsieur Tartarin, je n'y suis pas venue de mon plein gré, je vous assure... Une fois que le chemin de fer de Beaucaire a été fini, ils ne m'ont plus trouvée bonne à rien et ils m'ont envoyée en Afrique... Et je ne suis pas la seule! presque toutes les diligences de France ont été déportées comme moi. On nous trouvait trop réactionnaires, et maintenant nous voilà toutes ici à mener une vie de galère... C'est ce qu'en France vous appelez les chemins de fer algériens.

Ici la vieille diligence poussa un long soupir; puis elle reprit :

— Ah! monsieur Tartarin, que je le regrette, mon beau Tarascon! C'était alors le bon temps pour moi, le temps de la jeunesse! Il fallait me voir partir le matin, lavée à grande eau et toute luisante avec mes roues vernissées à neuf, mes lanternes qui semblaient deux soleils et ma bâche toujours frottée d'huile! C'est ça qui était beau quand le postillon faisait claquer son fouet sur l'air de : *Lagadigadeou, la Tarasque! la Tarasque!* et que le conducteur, son piston en bandoulière, sa casquette brodée sur l'oreille, jetant d'un tour de bras son petit chien, toujours furieux, sur la bâche de l'impériale, s'élançait lui-même là-haut, en criant : « Allume! allume! » Alors mes quatre chevaux s'ébranlaient au bruit des grelots, des aboiements, des fanfares, les fenêtres s'ouvraient, et tout Tarascon regardait avec orgueil la diligence détaler sur la grande route royale.

« Quelle belle route, monsieur Tartarin, large, bien entretenue, avec ses bornes kilométriques, ses petits tas de pierre régulièrement espacés, et de droite et de gauche ses jolies plaines d'oliviers et de vignes... Puis, des auberges tous les dix pas, des relais toutes les cinq minutes... Et mes voyageurs, quels braves gens! des maires et des curés qui allaient à Nîmes voir leur préfet ou leur évêque, de bons taffetassiers qui revenaient du *Mazet* bien honnêtement, des collégiens en vacances, des paysans en blouse brodée, tous frais rasés du matin, et là-haut, sur l'impériale, vous tous, messieurs les chasseurs de casquettes, qui étiez toujours de si bonne humeur, et qui chantiez si bien chacun *la vôtre*, le soir, aux étoiles, en revenant!...

« Maintenant, c'est une autre histoire... Dieu sait les gens que je charrie! un tas de mécréants venus je ne sais d'où, qui me remplissent de vermine, des nègres, des Bédouins, des soudards, des aventuriers de tous les pays, des colons en guenilles qui m'empestent de leurs pipes, et tout cela parlant un langage auquel Dieu le Père ne comprendrait rien... Et puis vous voyez comme on me traite! Jamais brossée, jamais lavée. On me plaint le cambouis de mes essieux... Au lieu de mes gros bons chevaux tranquilles d'autrefois, de petits chevaux arabes qui ont le diable au corps, se battent, se mordent, dansent en courant comme des chèvres, et me brisent mes brancards à coups de pieds... Aïe!... aïe!... tenez! Voilà que cela commence... Et les routes! Par ici, c'est encore supportable, parce que nous sommes près du gouvernement; mais là-bas, plus rien, pas de chemin du tout. On va comme on peut, à travers monts et plaines, dans les palmiers nains, dans les lentisques... Pas un seul relais fixe. On arrête au caprice du conducteur, tantôt dans une ferme, tantôt dans une autre.

« Quelquefois ce polisson-là me fait faire un détour de deux lieues pour aller chez un ami boire l'absinthe ou le *champoreau*... Après quoi, fouette, postillon! il faut rattraper le temps perdu. Le soleil cuit, la poussière brûle. Fouette toujours! On accroche, on verse! Fouette plus fort! On passe des rivières à la nage, on s'enrhume, on se mouille, on se noie... Fouette! fouette! fouette!... Puis le soir, toute ruisselante c'est cela qui est bon à mon âge, avec mes rhumatismes!... — il me faut coucher à la belle étoile, dans une cour de caravansérail ouverte à tous les vents. La nuit, des chacals, des hyènes viennent flairer mes caissons, et les maraudeurs qui craignent la rosée se mettent au chaud dans mes compartiments... Voilà la vie que je mène, mon pauvre monsieur Tartarin, et je la mènerai jusqu'au jour où, brûlée par le soleil, pourrie par les nuits humides, je tomberai — ne pouvant plus faire autrement — sur un coin de méchante route, où les Arabes feront bouillir leur couscous avec les débris de ma vieille carcasse...

— Blidah! Blidah! fit le conducteur en ouvrant la portière.

II

OÙ L'ON VOIT PASSER UN PETIT MONSIEUR

Vaguement, à travers les vitres dépolies par la buée, Tartarin de Tarascon entrevit une place de jolie sous-préfecture, place régulière, entourée d'arcades et plantée d'orangers, au milieu de laquelle de petits soldats de plomb faisaient l'exercice dans la claire brume rose du matin. Les cafés ôtaient leurs volets. Dans un coin, une halle avec des légumes... C'était charmant, mais cela ne sentait pas encore le lion.

« Au Sud!... Plus au Sud! » murmura le bon Tartarin en se renfonçant dans son coin.

A ce moment, la portière s'ouvrit. Une bouffée d'air frais entra, apportant sur ses ailes, dans le parfum des orangers fleuris, un tout petit monsieur en redingote noisette, vieux, sec, ridé, compassé, une figure grosse comme le poing, une cravate en soie noire haute de cinq doigts, une serviette en cuir, un parapluie : le parfait notaire de village.

En apercevant le matériel de guerre du Tarasconnais, le petit monsieur, qui s'était assis en face, parut excessivement surpris et se mit à regarder Tartarin avec une insistance gênante.

On détela, on attela, la diligence partit... Le petit

monsieur regardait toujours Tartarin... A la fin, le
Tarasconnais prit la mouche.

— Ça vous étonne ? fit-il en regardant à son tour
le petit monsieur bien en face.

— Non ! Ça me gêne, répondit l'autre fort tranquillement ; et le fait est qu'avec sa tente-abri, son revolver,
ses deux fusils dans leur gaine, son couteau de chasse
— sans parler de sa corpulence naturelle, Tartarin de
Tarascon tenait beaucoup de place...

La réponse du petit monsieur le fâcha :

— Vous imaginez-vous par hasard que je vais aller
au lion avec votre parapluie ? dit le grand homme
fièrement.

Le petit monsieur regarda son parapluie, sourit doucement ; puis, toujours avec son même flegme :

— Alors, monsieur, vous êtes ?...
— Tartarin de Tarascon, tueur de lions !

En prononçant ces mots, l'intrépide Tarasconnais
secoua comme une crinière le gland de sa *chéchia*.

Il y eut dans la diligence un mouvement de stupeur.

Le trappiste se signa, les cocottes poussèrent de petits
cris d'effroi, et le photographe d'Orléansville se rap-
procha du tueur de lions, rêvant déjà l'insigne honneur de faire sa photographie.

Le petit monsieur, lui, ne se déconcerta pas.

— Est-ce que vous avez déjà tué beaucoup de lions,
monsieur Tartarin ? demanda-t-il très tranquillement.

Le Tarasconnais le reçut de la belle manière :

— Si j'en ai beaucoup tué, monsieur !... Je vous sou-
haiterais d'avoir seulement autant de cheveux sur la tête.

Et toute la diligence de rire en regardant les trois
cheveux jaunes de Cadet-Roussel qui se hérissaient sur
le crâne du petit monsieur.

A son tour le photographe d'Orléansville prit la parole :

— Terrible profession que la vôtre, monsieur Tartarin!... On passe quelquefois de mauvais moments... Ainsi, ce pauvre M. Bombonnel...

— Ah! oui, le tueur de panthères... fit Tartarin assez dédaigneusement.

— Est-ce que vous le connaissez ? demanda le petit monsieur.

— Té! pardi... Si je le connais... Nous avons chassé plus de vingt fois ensemble.

Le petit monsieur sourit .

— Vous chassez donc la panthère aussi, monsieur Tartarin ?

— Quelquefois, par passe-temps... fit l'enragé Tarasconnais.

Il ajouta, en relevant la tête d'un geste héroïque qui enflamma le cœur des deux cocottes :

— Ça ne vaut pas le lion!

— En somme, hasarda le photographe d'Orléansville, une panthère, ce n'est qu'un gros chat...

— Tout juste! fit Tartarin qui n'était pas fâché de rabaisser un peu la gloire de Bombonnel, surtout devant les dames.

Ici la diligence s'arrêta, le conducteur vint ouvrir la portière et s'adressant au petit vieux :

— Vous voilà arrivé, monsieur, lui dit-il d'un air très respectueux.

Le petit monsieur se leva, descendit, puis avant de refermer la portière :

— Voulez-vous me permettre de vous donner un conseil, monsieur Tartarin ?

— Lequel, monsieur ?

— Ma foi! écoutez, vous avez l'air d'un brave homme, j'aime mieux vous dire ce qu'il en est... Retournez vite à Tarascon, monsieur Tartarin... Vous perdez votre temps ici... Il reste bien encore quelques panthères dans la province; mais, fi donc! c'est un trop petit gibier pour vous... Quant aux lions, c'est fini. Il n'en reste plus en Algérie... mon ami Chassaing vient de tuer le dernier.

Sur quoi le petit monsieur salua, ferma la portière, et s'en alla en riant avec sa serviette et son parapluie

— Conducteur, demanda Tartarin en faisant sa moue, qu'est-ce que c'est donc que ce bonhomme-là ?

— Comment! vous ne le connaissez pas ? Mais c'est M. Bombonnel.

III

A Milianah, Tartarin de Tarascon descendit, laissant la diligence continuer sa route vers le Sud.

Deux jours de durs cahots, deux nuits passées les yeux ouverts à regarder par la portière s'il n'apercevrait pas dans les champs, au bord de la route, l'ombre formidable du lion, tant d'insomnies méritaient bien quelques heures de repos. Et puis, s'il faut tout dire, depuis sa mésaventure avec Bombonnel, le loyal Tarasconnais se sentait mal à l'aise, malgré ses armes, sa moue terrible, son bonnet rouge, devant le photographe d'Orléansville et les deux demoiselles du 3e hussards.

Il se dirigea donc à travers les larges rues de Milianah, pleines de beaux arbres et de fontaines; mais, tout en cherchant un hôtel à sa convenance, le pauvre homme ne pouvait s'empêcher de songer aux paroles de Bombonnel... Si c'était vrai pourtant ? S'il n'y avait plus de lions en Algérie ?... A quoi bon alors tant de courses, tant de fatigues ?...

Soudain, au détour d'une rue, notre héros se trouva face à face... avec qui ? Devinez... Avec un lion superbe, qui attendait devant la porte d'un café, assis royalement sur son train de derrière, sa crinière fauve au soleil.

« Qu'est-ce qu'ils me disaient donc, qu'il n'y en
avait plus ? » s'écria le Tarasconnais en faisant un saut
en arrière... En entendant cette exclamation, le lion
baissa la tête et, prenant dans sa gueule une sébile en
bois posée devant lui sur le trottoir, il la tendit hum-
blement du côté de Tartarin immobile de stupeur...
Un Arabe qui passait jeta un gros sou dans la sébile;
le lion remua la queue... Alors Tartarin comprit tout.
Il vit, ce que l'émotion l'avait d'abord empêché de
voir, la foule attroupée autour du pauvre lion aveugle
et apprivoisé, et les deux grands nègres armés de gour-
dins qui le promenaient à travers la ville comme
un Savoyard sa marmotte.

Le sang du Tarasconnais ne fit qu'un tour : « Misérables, cria-t-il d'une voix de tonnerre, ravaler ainsi
ces nobles bêtes! » Et, s'élançant sur le lion, il lui
arracha l'immonde sébile d'entre ses royales mâchoires.
Les deux nègres, croyant avoir affaire à un voleur, se
précipitèrent sur le Tarasconnais, la matraque haute...
Ce fut une terrible bousculade... Les nègres tapaient, les
femmes piaillaient, les enfants riaient. Un vieux cor-
donnier juif criait du fond de sa boutique : « *Au
zouge de paix! Au zouge de paix!* » Le lion lui-même,
dans sa nuit, essaya d'un rugissement, et le malheureux Tartarin, après une lutte désespérée, roula par
terre au milieu des gros sous et des balayures.

A ce moment, un homme fendit la foule, écarta les
nègres d'un mot, les femmes et les enfants d'un geste,
releva Tartarin, le brossa, le secoua, et l'assit tout
essoufflé sur une borne.

— Comment! *prêînce*, c'est vous ?... fit le bon Tartarin en se frottant les côtes.

— Eh! oui, mon vaillant ami, c'est moi... Sitôt votre

lettre reçue, j'ai confié Baïa à son frère, loué une chaise de poste, fait cinquante lieues ventre à terre, et me voilà juste à temps pour vous arracher à la brutalité de ces rustres... Qu'est-ce que vous avez donc fait, juste Dieu! pour vous attirer cette méchante affaire ?

— Que voulez-vous, *prëïnce ?*... De voir ce malheureux lion avec sa sébile aux dents, humilié, vaincu, bafoué, servant de risée à toute cette pouillerie musulmane...

— Mais vous vous trompez, mon noble ami. Ce lion est, au contraire, pour eux un objet de respect et d'adoration. C'est une bête sacrée, qui fait partie d'un grand couvent de lions, fondé, il y a trois cents ans par Mohammed-ben-Aouda, une espèce de Trappe formidable et farouche, pleine de rugissements et d'odeurs de fauve, où des moines singuliers élèvent et apprivoisent des lions par centaines et les envoient de là dans toute l'Afrique septentrionale, accompagnés de frères quêteurs. Les dons que reçoivent les frères servent à l'entretien du couvent et de sa mosquée; et si les deux nègres ont montré tant d'humeur tout à l'heure, c'est qu'ils ont la conviction que pour un sou, un seul sou de la quête, volé ou perdu par leur faute, le lion qu'ils conduisent les dévorerait immédiatement.

En écoutant ce récit invraisemblable et pourtant véridique, Tartarin de Tarascon se délectait et reniflait l'air bruyamment.

— Ce qui me va dans tout ceci, fit-il en matière de conclusion, c'est que, n'en déplaise à mon Bombonnel, il y a encore des lions en Algérie!...

— S'il y en a! dit le prince avec enthousiasme... Dès demain, nous allons battre la plaine du Chéliff, et vous verrez!

— Eh quoi! prince... Auriez-vous l'intention de chasser, vous aussi!

— Parbleu! pensez-vous donc que je vous laisserais vous en aller seul en pleine Afrique, au milieu de ces tribus féroces dont vous ignorez la langue et les usages... Non! non! illustre Tartarin, je ne vous quitte plus... Partout où vous serez, je veux être.

— Oh! *préïnce, préïnce...*

Et Tartarin, radieux, pressa sur son cœur le vaillant Grégory, en songeant avec fierté qu'à l'exemple de Jules Gérard, de Bombonnel et tous les autres fameux tueurs de lions, il allait avoir un prince étranger pour l'accompagner dans ses chasses.

IV

LA CARAVANE EN MARCHE

Le lendemain, dès la première heure, l'intrépide Tartarin et le non moins intrépide prince Grégory, suivis d'une demi-douzaine de portefaix nègres, sortaient de Miliana et descendaient vers la plaine du Chéliff par un raidillon délicieux tout ombragé de jasmins, de tuyas, de caroubiers, d'oliviers sauvages, entre deux haies de petits jardins indigènes et des milliers de joyeuses sources vives qui dégringolaient de roche en roche en chantant... Un paysage du Liban.

Aussi chargé d'armes que le grand Tartarin, le prince Grégory s'était en plus affublé d'un magnifique et singulier képi tout galonné d'or, avec une garniture de feuilles de chênes brodées au fil d'argent, qui donnait à Son Altesse un faux air de général mexicain, ou de chef de gare des bords du Danube.

Ce diable de képi intriguait beaucoup le Tarasconnais; et comme il demandait timidement quelques explications :

« Coiffure indispensable pour voyager en Afrique », répondit le prince avec gravité; et tout en faisant reluire sa visière d'un revers de manche, il renseigna son naïf compagnon sur le rôle important que joue le képi dans nos relations avec les Arabes, la terreur que cet

insigne militaire a, seul, le privilège de leur inspirer,
si bien que l'administration civile a été obligée de
coiffer tout son monde avec des képis, depuis le can-
tonnier jusqu'au receveur de l'enregistrement. En
somme pour gouverner l'Algérie — c'est toujours le
prince qui parle — pas n'est besoin d'une forte tête,
ni même de tête du tout. Il suffit d'un képi, d'un
beau képi galonné reluisant au bout d'une trique
comme la toque de Gessler.

Ainsi causant et philosophant, la caravane allait
son train. Les portefaix — pieds nus — sautaient de
roche en roche avec des cris de singes. Les caisses
d'armes sonnaient. Les fusils flambaient. Les indigènes qui passaient s'inclinaient jusqu'à terre devant
le képi magique... Là-haut, sur les remparts de Milianah, le chef du bureau arabe, qui se promenait au
bon frais avec sa dame, entendant ces bruits insolites,
et voyant des armes luire entre les branches, crut à un
coup de main, fit baisser le pont-levis, battre la générale, et mit incontinent la ville en état de siège.

Beau début pour la caravane!

Malheureusement, avant la fin du jour, les choses se
gâtèrent. Des nègres qui portaient les bagages, l'un
fut pris d'atroces coliques pour avoir mangé le sparadrap de la pharmacie. Un autre tomba sur le bord
de la route ivre-mort d'eau-de-vie camphrée. Le troisième, celui qui portait l'album de voyage, séduit par
les dorures des fermoirs, et persuadé qu'il enlevait les
trésors de la Mecque, se sauva dans le Zaccar à toutes
jambes... Il fallut aviser... La caravane fit halte, et
tint conseil dans l'ombre trouée d'un vieux figuier.

— Je serais d'avis, dit le prince, en essayant, mais
sans succès, de délayer une tablette de pemmican dans

une casserole perfectionnée à triple fond, je serais
d'avis que, dès ce soir, nous renoncions aux porteurs
nègres... Il y a précisément un marché arabe tout près
d'ici. Le mieux est de nous y arrêter, et de faire
emplette de quelques bourriquots...

— Non!... non!... pas de bourriquots!... interrompit
vivement le grand Tartarin, que le souvenir de Noiraud avait fait devenir tout rouge.

Et il ajouta, l'hypocrite :

— Comment voulez-vous que de si petites bêtes
puissent porter tout notre attirail ?

Le prince sourit.

— C'est ce qui vous trompe, mon illustre ami. Si
maigre et si chétif qu'il vous paraisse, le bourriquot
algérien a les reins solides... Il le faut bien pour supporter tout ce qu'il supporte... Demandez plutôt aux
Arabes. Voici comment ils expliquent notre organisation coloniale... En haut, disent-ils, il y a *mouci* le
gouverneur, avec une grande trique, qui tape sur l'état-
major ; l'état-major, pour se venger, tape sur le soldat ;
le soldat tape sur le colon, le colon tape sur l'Arabe,
l'Arabe tape sur le nègre, le nègre tape sur le juif, le
juif à son tour tape sur le bourriquot ; et le pauvre
petit bourriquot n'ayant personne sur qui taper, tend
l'échine et porte tout. Vous voyez bien qu'il peut
porter vos caisses.

— C'est égal, reprit Tartarin de Tarascon, je trouve
que, pour le coup d'œil de notre caravane, des ânes
ne feraient pas très bien... Je voudrais quelque chose
de plus oriental... Ainsi, par exemple, si nous pouvions
avoir un chameau...

— Tant que vous en voudrez, fit l'Altesse, et l'on
se mit en route pour le marché arabe.

Le marché se tenait à quelques kilomètres, sur les bords du Chéliff... Il y avait là cinq ou six mille Arabes en guenilles, grouillant au soleil, et trafiquant bruyamment au milieu des jarres d'olives noires, des pots de miel, des sacs d'épices et des cigares en gros tas; de grands feux où rôtissaient des moutons entiers, ruisselant de beurre, des boucheries en plein air, où des nègres tout nus, les pieds dans le sang, les bras rouges, dépeçaient, avec de petits couteaux, des chevreaux à une perche.

Dans un coin, sous une tente rapetassée de mille couleurs, un greffier maure, avec un grand livre et des lunettes. Ici, un groupe, des cris de rage : c'est un jeu de roulette, installé sur une mesure à blé, et des Kabyles qui s'éventrent autour... Là-bas, des trépignements, une joie, des rires : c'est un marchand juif avec sa mule, qu'on regarde se noyer dans le Chéliff... Puis des scorpions, des chiens, des corbeaux; et des mouches!... des mouches!...

Par exemple, les chameaux manquaient. On finit pourtant par en découvrir un, dont des Mozabites cherchaient à se défaire. C'était le vrai chameau du désert, le chameau classique, chauve, l'air triste, avec sa longue tête de bédouin et sa bosse qui, devenue flasque par suite de trop longs jeûnes, pendait mélancoliquement sur le côté.

Tartarin le trouva si beau, qu'il voulut que la caravane entière montât dessus... Toujours la folie orientale!...

La bête s'accroupit. On sangla les malles.

Le prince s'installa sur le cou de l'animal. Tartarin pour plus de majesté, se fit hisser tout en haut de la bosse, entre deux caisses; et là, fier et bien calé, saluant d'un geste noble tout le marché accouru, il donna le signal du départ... Tonnerre! si ceux de Tarascon avaient pu le voir!...

Le chameau se redressa, allongea ses grandes jambes à nœuds, et prit son vol...

O stupeur! Au bout de quelques enjambées, voilà Tartarin qui se sent pâlir, et l'héroïque chéchia qui reprend une à une ses anciennes positions du temps du *Zouave*. Ce diable de chameau tanguait comme une frégate.

« *Préïnce, préïnce*, murmura Tartarin tout blême, et s'accrochant à l'étoupe sèche de la bosse, *préïnce*, descendons... Je sens... je sens... que je vais faire bafouer la France... »

Va te promener! le chameau était lancé, et rien ne pouvait plus l'arrêter. Quatre mille Arabes couraient derrière, pieds nus, gesticulant, riant comme des fous, et faisant luire au soleil six cent mille dents blanches...

Le grand homme de Tarascon dut se résigner. Il s'affaissa tristement sur la bosse. La chéchia prit toutes les positions qu'elle voulut... et la France fut bafouée.

V

L'AFFÛT DU SOIR DANS UN BOIS
DE LAURIERS-ROSES

Si pittoresque que fût leur nouvelle monture, nos tueurs de lions durent y renoncer, par égard pour la chéchia. On continua donc la route à pied comme devant, et la caravane s'en alla tranquillement vers le Sud par petites étapes, le Tarasconnais en tête, le Monténégrin en queue, et dans les rangs le chameau avec les caisses d'armes.

L'expédition dura près d'un mois.

Pendant un mois, cherchant des lions introuvables, le terrible Tartarin erra de douar en douar dans l'immense plaine du Chéliff, à travers cette formidable et cocasse Algérie française, où les parfums du vieil Orient se compliquent d'une forte odeur d'absinthe et de caserne, Abraham et Zouzou mêlés, quelque chose de féerique et de naïvement burlesque, comme une page de l'Ancien Testament racontée par le sergent La Ramée ou le brigadier Pitou... Curieux spectacle pour des yeux qui auraient su voir... Un peuple sauvage et pourri que nous civilisons, en lui donnant nos vices... L'autorité féroce et sans contrôle de bachagas fantastiques, qui se mouchent gravement dans leurs grands cordons de la Légion d'honneur, et pour un oui ou pour un non font bâtonner les gens sur la plante des

pieds. La justice sans conscience de cadis à grosses
lunettes, tartufes du Coran et de la loi, qui rêvent de
quinze août et de promotion sous les palmes, et vendent
leurs arrêts, comme Esaü son droit d'aînesse, pour un
plat de lentilles ou de couscous au sucre. Des caïds
libertins et ivrognes, anciens brosseurs d'un général Yusuf quelconque, qui se soûlent de champagne
avec des blanchisseuses mahonnaises, et font des
ripailles de mouton rôti, pendant que, devant leurs
tentes, toute la tribu crève de faim, et dispute aux
lévriers les rogatons de la ribote seigneuriale.

Puis, tout autour, des plaines en friche, de l'herbe
brûlée, des buissons chauves, des maquis de cactus
et de lentisques, le grenier de la France!... Grenier
vide de grains, hélas! et riche seulement en chacals et
en punaises. Des douars abandonnés, des tribus effa-
rées qui s'en vont sans savoir où, fuyant la faim, et
semant des cadavres le long de la route. De loin en
loin, un village français, avec des maisons en ruine, des
champs sans culture, des sauterelles enragées, qui
mangent jusqu'aux rideaux des fenêtres, et tous les
colons dans les cafés, en train de boire de l'absinthe
en discutant des projets de réforme et de constitution.

Voilà ce que Tartarin aurait pu voir, s'il s'en était
donné la peine; mais, tout entier à sa passion léonine,
l'homme de Tarascon allait droit devant lui, sans
regarder ni à droite ni à gauche, l'œil obstinément
fixé sur ces monstres imaginaires, qui ne paraissaient
jamais.

Comme la tente-abri s'entêtait à ne pas s'ouvrir et
les tablettes de pemmican à ne pas fondre, la caravane
était obligée de s'arrêter matin et soir dans les tribus.
Partout, grâce au képi du prince Grégory, nos chas-

seurs étaient reçus à bras ouverts. Ils logeaient chez
les agas, dans des palais bizarres, grandes fermes
blanches sans fenêtres, où l'on trouve pêle-mêle des
narghilés et des commodes en acajou, des tapis de
Smyrne et des lampes-modérateur, des coffres de
cèdre pleins de sequins turcs, et des pendules à sujets,
style Louis-Philippe... Partout on donnait à Tartarin
des fêtes splendides, des *diffas*, des *fantasias*... En
son honneur, des goums entiers faisaient parler la
poudre et luire leurs burnous au soleil. Puis, quand la
poudre avait parlé, le bon aga venait et présentait sa
note... C'est ce qu'on appelle l'hospitalité arabe...

Et toujours pas de lions. Pas plus de lions que sur
le Pont-Neuf!

Cependant le Tarasconnais ne se décourageait pas.
S'enfonçant bravement dans le Sud, il passait ses journées à battre le maquis, fouillant les palmiers-nains
du bout de sa carabine, et faisant « frrt! frrt! » à
chaque buisson. Puis, tous les soirs avant de se coucher,
un petit affût de deux ou trois heures... Peine perdue! le lion ne se montrait pas.

Un soir pourtant, vers les six heures, comme la
caravane traversait un bois de lentisques tout violet
où de grosses cailles alourdies par la chaleur sautaient
çà et là dans l'herbe, Tartarin de Tarascon crut
entendre — mais si loin, mais si vague, mais si émietté
par la brise — ce merveilleux rugissement qu'il
avait entendu tant de fois là-bas à Tarascon, derrière
la baraque Mitaine.

D'abord le héros croyait rêver... Mais au bout d'un
instant, lointains toujours, quoique plus distincts,
les rugissements recommencèrent; et cette fois, tandis
qu'à tous les coins de l'horizon on entendait hurler les

chiens des douars — secouée par la terreur et faisant
retentir les conserves et les caisses d'armes, la bosse
du chameau frissonna.

Plus de doute. C'était le lion... Vite, vite, à l'affût.
Pas une minute à perdre.

Il y avait tout juste près de là un vieux *marabout*
(tombeau de saint) à coupole blanche, avec les grandes
pantoufles jaunes du défunt déposées dans une niche
au-dessus de la porte, et un fouillis d'ex-voto bizarres,
pans de burnous, fils d'or, cheveux roux, qui pen-
daient le long des murailles... Tartarin de Tarascon
y remisa son prince et son chameau et se mit en quête
d'un affût. Le prince Grégory voulait le suivre, mais
le Tarasconnais s'y refusa; il tenait à affronter le lion
seul à seul. Toutefois il recommanda à Son Altesse de
ne pas s'éloigner, et, par mesure de précaution, il lui
confia son portefeuille, un gros portefeuille plein de
papiers précieux et de billets de banque, qu'il craignait
de faire écornifler par la griffe du lion. Ceci fait, le
héros chercha son poste.

Cent pas en avant du marabout, un petit bois de
lauriers-roses tremblait dans la gaze du crépuscule,
au bord d'une rivière presque à sec. C'est là que Tartarin vint s'embusquer, le genou en terre, selon la formule,
la carabine au poing et son grand couteau de chasse
planté fièrement devant lui dans le sable de la berge.

La nuit arriva. Le rose de la nature passa au violet,
puis au bleu sombre... En bas, dans les cailloux de la
rivière, luisait comme un miroir à main une petite
flaque d'eau claire. C'était l'abreuvoir des fauves. Sur
la pente de l'autre berge, on voyait vaguement le
sentier blanc que leurs grosses pattes avaient tracé dans
les lentisques. Cette pente mystérieuse donnait le fris-

son. Joignez à cela le fourmillement vague des nuits africaines, branches frôlées, pas de velours d'animaux rôdeurs, aboiements grêles des chacals, et là-haut, dans le ciel, à cent, deux cents mètres, de grands troupeaux de grues qui passent avec des cris d'enfants qu'on égorge; vous avouerez qu'il y avait de quoi être ému.

Tartarin l'était. Il l'était même beaucoup. Les dents lui claquaient, le pauvre homme! Et sur la garde de son couteau de chasse planté en terre le canon de son fusil rayé sonnait comme une paire de castagnettes... Qu'est-ce que vous voulez! Il y a des soirs où l'on n'est pas en train, et puis où serait le mérite, si les héros n'avaient jamais peur...

Eh bien! oui, Tartarin eut peur, et tout le temps encore. Néanmoins, il tint bon une heure, deux heures, mais l'héroïsme a ses limites... Près de lui, dans le lit desséché de la rivière, le Tarasconnais entend tout à coup un bruit de pas, des cailloux qui roulent. Cette fois la terreur l'enlève de terre. Il tire ses deux coups au hasard dans la nuit, et se replie à toutes jambes sur le marabout, laissant son coutelas debout dans le sable comme une croix commémorative de la plus formidable panique qui ait jamais assailli l'âme d'un dompteur d'hydres.

— A moi, *préïnce*... le lion!...

Un silence.

— *Préïnce, préïnce*, êtes-vous là ?

Le prince n'était pas là. Sur le mur blanc du marabout, le bon chameau projetait seul au clair de lune l'ombre bizarre de sa bosse. Le prince Grégory venait de filer en emportant portefeuille et billets de banque... Il y avait un mois que Son Altesse attendait cette occasion...

VI

ENFIN!...

Le lendemain de cette aventureuse et tragique soirée,
lorsqu'au petit jour notre héros se réveilla, et qu'il eut
acquis la certitude que le prince et le magot étaient
réellement partis, partis sans retour; lorsqu'il se vit seul
dans cette petite tombe blanche, trahi, volé, abandonné
en pleine Algérie sauvage avec un chameau à bosse
simple et quelque monnaie de poche pour toute res-
source, alors, pour la première fois, le Tarasconnais
douta. Il douta du Monténégro, il douta de l'amitié,
il douta de la gloire, il douta même des lions; et, comme
le Christ à Gethsémani, le grand homme se prit à
pleurer amèrement.

Or, tandis qu'il était là pensivement assis sur la
porte du marabout, sa tête dans ses deux mains, sa
carabine entre ses jambes, et le chameau qui le regardait, soudain le maquis d'en face s'écarte et Tartarin,
stupéfait, voit paraître, à dix pas devant lui, un lion
gigantesque s'avançant la tête haute et poussant des
rugissements formidables qui font trembler les murs
du marabout tout chargés d'oripeaux et jusqu'aux
pantoufles du saint dans leur niche.

Seul, le Tarasconnais ne trembla pas.

« Enfin! » cria-t-il en bondissant, la crosse à

l'épaule... Pan!... pan! pfft! pfft! C'était fait... Le lion
avait deux balles explosibles dans la tête... Pendant une
minute, sur le fond embrasé du ciel africain, ce fut
un feu d'artifice épouvantable de cervelle en éclats, de
sang fumant et de toison rousse éparpillée. Puis tout
retomba et Tartarin aperçut... deux grands nègres qui
couraient sur lui, la matraque en l'air. Les deux nègres
de Milianah!

O misère! c'était le lion apprivoisé, le pauvre aveugle
du couvent de Mohammed que les balles tarasconnaises venaient d'abattre.

Cette fois, par Mahom! Tartarin l'échappa belle.
Ivres de fureur fanatique, les deux nègres quêteurs
l'auraient sûrement mis en pièces, si le Dieu des chré-
tiens n'avait envoyé à son aide un ange libérateur, le
garde-champêtre de la commune d'Orléansville arrivant son sabre sous le bras, par un petit sentier.

La vue du képi municipal calma subitement la colère
des nègres. Paisible et majestueux, l'homme de la
plaque dressa procès-verbal de l'affaire, fit charger sur
le chameau ce qui restait du lion, ordonna aux plai-
gnants comme au délinquant de le suivre, et se dirigea
sur Orléansville, où le tout fut déposé au greffe.

Ce fut une longue et terrible procédure!

Après l'Algérie des tribus, qu'il venait de parcourir,
Tartarin de Tarascon connut alors une autre Algérie
non moins cocasse et formidable, l'Algérie des villes,
processive et avocassière. Il connut la judiciaire louche
qui se tripote au fond des cafés, la bohème des gens
de loi, les dossiers qui sentent l'absinthe, les cravates
blanches mouchetées de *champoreau;* il connut les
huissiers, les agréés, les agents d'affaires, toutes ces
sauterelles du papier timbré, affamées et maigres, qui

mangent le colon jusqu'aux tiges de ses bottes et le laissent déchiqueté feuille par feuille comme un plant de maïs...

Avant tout il s'agissait de savoir si le lion avait été tué sur le territoire civil ou le territoire militaire. Dans le premier cas l'affaire regardait le tribunal de commerce; dans le second, Tartarin relevait du conseil de guerre, et, à ce mot de conseil de guerre, l'impressionnable Tarasconnais se voyait déjà fusillé au pied des remparts, ou croupissant dans le fond d'un silo...

Le terrible, c'est que la délimitation des deux territoires est très vague en Algérie... Enfin, après un mois de courses, d'intrigues, de stations au soleil dans les cours des bureaux arabes, il fut établi que si d'une part le lion avait été tué sur le territoire militaire, d'autre part, Tartarin, lorsqu'il tira, se trouvait sur le territoire civil. L'affaire se jugea donc au civil et notre héros en fut quitte pour *deux mille cinq cents francs* d'indemnité, sans les frais.

Comment faire pour payer tout cela ? Les quelques piastres échappées à la razzia du prince s'en étaient allées depuis longtemps en papiers légaux et en absinthes judiciaires.

Le malheureux tueur de lions fut donc réduit à vendre la caisse d'armes au détail, carabine par carabine. Il vendit les poignards, les kriss malais, les casse-tête... Un épicier acheta les conserves alimentaires. Un pharmacien, ce qui restait du sparadrap. Les grandes bottes elles-mêmes y passèrent et suivirent la tente-abri perfectionnée chez un marchand de bric-à-brac, qui les éleva à la hauteur de curiosités cochinchinoises... Une fois tout payé, il ne restait plus à Tartarin que la peau du lion et le chameau. La peau, il l'emballa soi-

gneusement et la dirigea sur Tarascon, à l'adresse du
brave commandant Bravida. (Nous verrons tout à
l'heure ce qu'il advint de cette fabuleuse dépouille.)
Quant au chameau, il comptait s'en servir pour regagner Alger, non pas en montant dessus, mais en le
vendant pour payer la diligence; ce qui est encore la
meilleure façon de voyager à chameau. Malheureusement, la bête était d'un placement difficile, et personne
n'en offrit un liard.

Tartarin cependant voulait regagner Alger à toute
force. Il avait hâte de revoir le corselet bleu de Baïa,
sa maisonnette, ses fontaines, et de se reposer sur les
trèfles blancs de son petit cloître, en attendant de l'argent de France. Aussi notre héros n'hésita pas : et
navré, mais point abattu, il entreprit de faire la route
à pied, sans argent, par petites journées.

En cette occurrence, le chameau ne l'abandonna pas.
Cet étrange animal s'était pris pour son maître d'une
tendresse inexplicable, et, le voyant sortir d'Orléansville, se mit à marcher religieusement derrière lui,
réglant son pas sur le sien et ne le quittant pas d'une
semelle.

Au premier moment, Tartarin trouva cela touchant;
cette fidélité, ce dévouement à toute épreuve lui allaient
au cœur, d'autant que la bête était commode et se
nourrissait avec rien. Pourtant, au bout de quelques
jours, le Tarasconnais s'ennuya d'avoir perpétuellement sur les talons ce compagnon mélancolique, qui
lui rappelait toutes ses mésaventurès; puis, l'aigreur
s'en mêlant, il lui en voulut de son air triste, de sa
bosse, de son allure d'oie bridée. Pour tout dire, il
le prit en grippe et ne songea plus qu'à s'en débar-
casser; mais l'animal tenait bon... Tartarin essaya de

le perdre, le chameau le retrouva; il essaya de courir, le chameau courut plus vite... Il lui criait : « Va-t’en! » en lui jetant des pierres. Le chameau s’arrêtait et le regardait d’un air triste, puis, au bout d’un moment, il se remettait en route et finissait toujours par le rattraper. Tartarin dut se résigner.

Pourtant, lorsque, après huit grands jours de marche, le Tarasconnais poudreux, harassé, vit de loin étinceler dans la verdure les premières terrasses blanches d’Alger, lorsqu’il se trouva aux portes de la ville, sur l’avenue bruyante de Mustapha, au milieu des zouaves, des biskris, des Mahonnaises, tous grouillant autour de lui et le regardant défiler avec son chameau, pour le coup la patience lui échappa : « Non! non! dit-il, ce n’est pas possible... je ne peux pas entrer dans Alger avec un animal pareil! » et, profitant d’un encombrement de voitures, il fit un crochet dans les champs et se jeta dans un fossé!...

Au bout d’un moment, il vit au-dessus de sa tête, sur la chaussée de la route, le chameau qui filait à grandes enjambées, allongeant le cou d’un air anxieux.

Alors, soulagé d’un grand poids, le héros sortit de sa cachette et rentra dans la ville par un sentier détourné qui longeait le mur de son petit clos.

VII

CATASTROPHES SUR CATASTROPHES

En arrivant devant sa maison mauresque, Tartarin s'arrêta très étonné. Le jour tombait, la rue était déserte. Par la porte basse en ogive que la négresse avait oublié de fermer, on entendait des rires, des bruits de verres, des détonations de bouchons de champagne, et dominant tout ce joli vacarme une voix de femme qui chantait, joyeuse et claire :

> Aimes-tu, Marco la belle,
> La danse aux salons en fleurs...

« Tron de Diou! » fit le Tarasconnais en pâlissant, et il se précipita dans la cour.

Malheureux Tartarin! Quel spectacle l'attendait... Sous les arceaux du petit cloître, au milieu des flacons, des pâtisseries, des coussins épars, des pipes, des tambourins, des guitares, Baïa debout, sans veston bleu ni corselet, rien qu'une chemisette de gaze argentée et un grand pantalon rose tendre, chantait *Marco la Belle* avec une casquette d'officier de marine sur l'oreille... A ses pieds, sur une natte, gavé d'amour et de confitures, Barbassou, l'infâme capitaine Barbassou, se crevait de rire en l'écoutant.

L'apparition de Tartarin, hâve, maigri, poudreux,

les yeux flamboyants, la chéchia hérissée, interrompit tout net cette aimable orgie turco-marseillaise.
Baïa poussa un petit cri de levrette effrayée, et se sauva
dans la maison. Barbassou, lui, ne se troubla pas, et
riant de plus belle :

— Hé! bé! monsieur Tartarin, qu'est-ce que vous
en dites ? Vous voyez bien qu'elle savait le français!

Tartarin de Tarascon s'avança furieux :

— Capitaine!

— *Digo-li qué vengué, moun bon!* cria la Mauresque, se penchant de la galerie du premier avec un
joli geste canaille. Le pauvre homme, atterré, se laissa
choir sur un tambour. Sa Mauresque savait même le
marseillais!

— Quand je vous disais de vous méfier des Algériennes! fit sentencieusement le capitaine Barbassou.
C'est comme votre prince monténégrin.

Tartarin releva la tête.

— Vous savez où est le prince ?

— Oh! il n'est pas loin. Il habite pour cinq ans la
belle prison de Mustapha. Le drôle s'est laissé prendre
la main dans le sac... Du reste, ce n'est pas la première
fois qu'on le met à l'ombre. Son Altesse a déjà fait
trois ans de maison centrale quelque part... et, tenez!
je crois même que c'est à Tarascon.

— A Tarascon!... s'écria Tartarin subitement illuminé... C'est donc ça qu'il ne connaissait qu'un côté
de la ville...

— Hé! sans doute... Tarascon vu de la maison centrale... Ah! mon pàuvre monsieur Tartarin, il faut
joliment ouvrir l'œil dans ce diable de pays, sans quoi
on est exposé à des choses bien désagréables... Ainsi
votre histoire avec le muezzin...

— Quelle histoire ? Quel muezzin ?

— Té! pardi!... le muezzin d'en face qui faisait la cour à Baïa... L'*Akbar* a raconté l'affaire l'autre jour, et tout Alger en rit encore... C'est si drôle ce muezzin qui, du haut de sa tour, tout en chantant ses prières, faisait sous votre nez des déclarations à la petite, et lui donnait des rendez-vous en invoquant le nom d'Allah...

— Mais c'est donc tous des gredins dans ce pays ?... hurla le malheureux Tarasconnais.

Barbassou eut un geste de philosophe.

— Mon cher, vous savez, les pays neufs... C'est égal! si vous m'en croyez, vous retournerez bien vite à Tarascon.

— Retourner... c'est facile à dire... Et l'argent ?... Vous ne savez donc pas comme ils m'ont plumé, là-bas, dans le désert ?

— Qu'à cela ne tienne! fit le capitaine en riant... Le *Zouave* part demain, et si vous voulez, je vous rapatrie... ça vous va-t-il, collègue ?... Alors, très bien. Vous n'avez plus qu'une chose à faire. Il reste encore quelques fioles de champagne, une moitié de crous-tade... asseyez-vous là, et sans rancune!...

Après la minute d'hésitation que lui commandait sa dignité, le Tarasconnais prit bravement son parti. Il s'assit, on trinqua; Baïa, redescendue au bruit des verres, chanta la fin de *Marco la Belle*, et la fête se prolongea fort avant dans la nuit.

Vers trois heures du matin, la tête légère et le pied lourd, le bon Tartarin revenait d'accompagner son ami le capitaine, lorsqu'en passant devant la mosquée, le souvenir du muezzin et de ses farces le fit rire, et tout de suite une belle idée de vengeance lui traversa le cerveau. La porte était ouverte. Il entra, suivi de longs couloirs tapissés de nattes, monta encore, et finit par se trouver dans un petit oratoire turc, où une lanterne en fer découpé se balançait au plafond, brodant les murs blancs d'ombres bizarres.

Le muezzin était là, assis sur un divan, avec son gros turban, sa pelisse blanche, sa pipe de Mostaganem, et devant un grand verre d'absinthe, qu'il battait religieusement, en attendant l'heure d'appeler les croyants à la prière... A la vue de Tartarin, il lâcha sa pipe de terreur.

— Pas un mot, curé, fit le Tarasconnais, qui avait son idée... Vite, ton turban, ta pelisse!...

Le curé turc, tout tremblant, donna son turban, sa pelisse, tout ce qu'on voulut. Tartarin s'en affubla, et passa gravement sur la terrasse du minaret.

La mer luisait au loin. Les toits blancs étincelaient au clair de lune. On entendait dans la brise marine quelques guitares attardées... Le muezzin de Tarascon se recueillit un moment, puis, levant les bras, il commença à psalmodier d'une voix suraiguë :

« *La Allah il Allah*... Mahomet est un vieux farceur... L'Orient, le Coran, les bachagas, les lions, les Mauresques, tout ça ne vaut pas un viédase!... Il n'y a plus de *Teurs*. Il n'y a que des carotteurs... Vive Tarascon!... »

Et pendant qu'en un jargon bizarre, mêlé d'arabe et de provençal, l'illustre Tartarin jetait aux quatre coins de l'horizon, sur la mer, sur la ville, sur la plaine, sur la montagne, sa joyeuse malédiction tarasconnaise, la voix claire et grave des autres muezzins lui répondait, en s'éloignant de minaret en minaret, et les derniers croyants de la ville haute se frappaient dévotement la poitrine.

VIII

TARASCON! TARASCON!

Midi. *Le Zouave* chauffe, on va partir. Là-haut, sur le balcon du café Valentin, MM. les officiers braquent la longue-vue, et viennent, colonel en tête, par rang de grade, regarder l'heureux petit bateau qui va en France. C'est la grande distraction de l'état-major... En bas, la rade étincelle. La culasse des vieux canons turcs enterrés le long du quai flambe au soleil. Les passagers se pressent. Biskris et Mahonnais entassent les bagages dans les barques.

Tartarin de Tarascon, lui, n'a pas de bagages. Le voici qui descend de la rue de la Marine, par le petit marché, plein de bananes et de pastèques, accompagné de son ami Barbassou. Le malheureux Tarasconnais a laissé sur la rive du Maure sa caisse d'armes et ses illusions, et maintenant il s'apprête à voguer vers Tarascon, les mains dans les poches... A peine vient-il de sauter dans la chaloupe du capitaine, qu'une bête essoufflée dégringole du haut de la place, et se précipite vers lui, en galopant. C'est le chameau, le chameau fidèle, qui, depuis vingt-quatre heures, cherche son maître dans Alger.

Tartarin, en le voyant, change de couleur et feint de ne pas le connaître; mais le chameau s'acharne. Il frétille au long du quai. Il appelle son ami, et le regarde avec tendresse : « Emmène-moi, semble dire son œil triste, emmène-moi dans la barque, loin, bien loin de cette Arabie en carton peint, de cet Orient ridicule, plein de locomotives et de diligences, où — dromadaire déclassé — je ne sais plus que devenir. Tu es le dernier Turc, je suis le dernier chameau... Ne nous quittons plus, ô mon Tartarin... »

— Est-ce que ce chameau est à vous ? demande le capitaine.

— Pas du tout! répondit Tartarin, qui frémit à l'idée d'entrer dans Tarascon avec cette escorte ridicule; et, reniant impudemment le compagnon de ses infortunes, il repousse du pied le sol algérien, et donne à la barque l'élan du départ... Le chameau flaire l'eau, allonge le cou, fait craquer ses jointures et, s'élançant derrière la barque à corps perdu, il nage de conserve vers le *Zouave*, avec son dos bombé, qui flotte comme une gourde, et son grand col, dressé sur l'eau en éperon de trirème.

Barque et chameau viennent ensemble se ranger aux flancs du paquebot.

— A la fin, il me fait peine ce dromadaire! dit le capitaine Barbassou tout ému, j'ai envie de le prendre à mon bord... En arrivant à Marseille, j'en ferai hommage au jardin zoologique.

On hissa sur le pont, à grand renfort de palans et de cordes, le chameau, alourdi par l'eau de mer, et le *Zouave* se mit en route.

Les deux jours que dura la traversée, Tartarin les passa tout seul dans sa cabine, non pas que la mer fût mauvaise, ni que la chéchia eût trop à souffrir, mais le diable de chameau, dès que son maître apparaissait

sur le pont, avait autour de lui des empressements ridi-
cules... Vous n'avez jamais vu un chameau afficher
quelqu'un comme cela !...

D'heure en heure, par les hublots de la cabine où il
mettait le nez quelquefois. Tartarin vit le bleu du ciel
algérien pâlir ; puis enfin, un matin, dans une brume
d'argent, il entendit avec bonheur chanter toutes les
cloches de Marseille. On était arrivé... le *Zouave* jeta
l'ancre.

Notre homme, qui n'avait pas de bagages, descendit sans rien dire, traversa Marseille en hâte, craignant
toujours d'être suivi par le chameau, et ne respira que
lorsqu'il se vit installé dans un wagon de troisième
classe, filant bon train sur Tarascon... Sécurité trom-
peuse ! A peine à deux lieues de Marseille, voilà toutes
les têtes aux portières. On crie, on s'étonne. Tartarin,
à son tour, regarde, et... qu'aperçoit-il ?... Le chameau,
monsieur, l'inévitable chameau, qui détalait sur les
rails, en pleine Crau, derrière le train, et lui tenant
pied. Tartarin, consterné, se rencoigna, en fermant
les yeux.

Après cette expédition désastreuse, il avait compté
rentrer chez lui incognito. Mais la présence de ce qua-
drupède encombrant rendait la chose impossible.
Quelle rentrée il allait faire ! bon Dieu ! pas le sou, pas
de lions, rien... Un chameau !...

« Tarascon !... Tarascon !... »

Il fallut descendre...

O stupeur ! à peine la chéchia du héros apparut-elle
dans l'ouverture de la portière, un grand cri : « Vive
Tartarin ! » fit trembler les voûtes vitrées de la gare.
« Vive Tartarin ! vive le tueur de lions ! » Et des fan-

fares, des chœurs d'orphéons éclatèrent... Tartarin se
sentit mourir; il croyait à une mystification. Mais non!
tout Tarascon était là, chapeaux en l'air, et sympathique.
Voilà le brave commandant Bravida, l'armurier Costecalde, le président, le pharmacien, et tout le noble
corps des chasseurs de casquettes qui se presse autour
de son chef, et le porte en triomphe tout le long des
escaliers...

Singuliers effets du mirage! la peau du lion aveugle,
envoyée à Bravida, était cause de tout ce bruit. Avec
cette modeste fourrure, exposée au cercle, les Tarasconnais, et derrière eux tout le Midi, s'étaient monté la
tête. Le *Sémaphore* avait parlé. On avait inventé un
drame. Ce n'était plus un lion que Tartarin avait tué,
c'étaient dix lions, vingt lions, une marmelade de
lions! Aussi Tartarin, débarquant à Marseille, y était
déjà illustre sans le savoir, et un télégramme enthou-
siaste l'avait devancé de deux heures dans sa ville
natale.

Mais ce qui mit le comble à la joie populaire, ce
fut quand on vit un animal fantastique, couvert de
poussière et de sueur, apparaître derrière le héros, et
descendre à cloche-pied l'escalier de la gare. Tarascon
crut un instant sa Tarasque revenue.

Tartarin rassura ses compatriotes.

— C'est mon chameau, dit-il.

Et déjà sous l'influence du soleil tarasconnais, ce
beau soleil, qui fait mentir ingénument, il ajouta, en
caressant la bosse du dromadaire :

— C'est une noble bête!... Elle m'a vu tuer tous mes
lions.

Là-dessus, il prit familièrement le bras du commandant, rouge de bonheur; et, suivi de son chameau,

entouré des chasseurs de casquettes, acclamé par tout
le peuple, il se dirigea paisiblement vers la maison du
baobab, et, tout en marchant, il commença le récit de
ses grandes chasses :

« Figurez-vous, disait-il, qu'un certain soir, en plein
Sahara... »

TABLE DES MATIÈRES

PREMIER ÉPISODE

A TARASCON

DEUXIÈME ÉPISODE

CHEZ LES TEURS

TROISIÈME ÉPISODE

CHEZ LES LIONS

PUBLICATIONS NOUVELLES

GF — TEXTE INTÉGRAL — GF

2285-VII-1991. — Imp. Bussière, St-Amand (Cher).
Nº d'édition 13300. — 2ᵉ trimestre 1968. — Printed in France.